AF672941

GRöLS Verlage

„Bücher sind wie Fallschirme. Sie nützen uns nichts, wenn wir sie nicht öffnen.“

Gröls Verlag

Redaktionelle Hinweise und Impressum

Das vorliegende Werk wurde zugunsten der Authentizität sehr zurückhaltend bearbeitet. So wurden etwa ursprüngliche Rechtschreibfehler *nicht* systematisch behoben, denn kleine Unvollkommenheiten machen das Buch – wie im Übrigen den Menschen – erst authentisch. Mitunter wurden jedoch zum Beispiel Absätze behutsam neu getrennt, um den Lesefluss zu erleichtern.

Um die Texte zu rekonstruieren, werden antiquarische Bücher von Lesegeräten gescannt und dann durch eine Software lesbar gemacht. Der so entstandene Text wird von Menschen gegengelesen und korrigiert – hierbei treten auch Fehler auf. Wenn Sie ebenfalls antiquarische Texte einreichen möchten, finden Sie weitere Informationen auf www.groels.de

Viel Freude bei der Lektüre wünscht Ihnen das Team des Gröls-Verlags.

Adressen

Verleger: Sophia Gröls, Im Borngrund 26, 61440 Oberursel

Externer Dienstleister für Distribution & Herstellung: BoD, In de Tarpen 42, 22848 Norderstedt

Unsere „Edition | Werke der Weltliteratur“ hat den Anspruch, eine der größten und vollständigsten Sammlungen klassischer Literatur in deutscher Sprache zu sein. Nach und nach versammeln wir hier nicht nur die „üblichen Verdächtigen“ von Goethe bis Schiller, sondern auch Kleinode der vergangenen Jahrhunderte, die – zu Unrecht – drohen, in Vergessenheit zu geraten. Wir kultivieren und kuratieren damit einen der wertvollsten Bereiche der abendländischen Kultur. Kleine Auswahl:

Francis Bacon • Neues Organon • **Balzac** • Glanz und Elend der Kurtisanen • **Joachim H. Campe** • Robinson der Jüngere • **Dante Alighieri** • Die Göttliche Komödie • **Daniel Defoe** • Robinson Crusoe • **Charles Dickens** • Oliver Twist • **Denis Diderot** • Jacques der Fatalist • **Fjodor Dostojewski** • Schuld und Sühne • **Arthur Conan Doyle** • Der Hund von Baskerville • **Marie von Ebner-Eschenbach** • Das Gemeindekind • **Elisabeth von Österreich** • Das Poetische Tagebuch • **Friedrich Engels** • Die Lage der arbeitenden Klasse • **Ludwig Feuerbach** • Das Wesen des Christentums • **Johann G. Fichte** • Reden an die deutsche Nation • **Fitzgerald** • Zärtlich ist die Nacht • **Flaubert** • Madame Bovary • **Gorch Fock** • Seefahrt ist not! • **Theodor Fontane** • Effi Briest • **Robert Musil** • Über die Dummheit • **Edgar Wallace** • Der Frosch mit der Maske • **Jakob Wassermann** • Der Fall Maurizius • **Oscar Wilde** • Das Bildnis des Dorian Grey • **Émile Zola** • Germinal • **Stefan Zweig** • Schachnovelle • **Hugo von Hofmannsthal** • Der Tor und der Tod • **Anton Tschechow** • Ein Heiratsantrag • **Arthur Schnitzler** • Reigen • **Friedrich Schiller** • Kabale und Liebe • **Nicolo Machiavelli** • Der Fürst • **Gotthold E. Lessing** • Nathan der Weise • **Augustinus** • Die Bekenntnisse des heiligen Augustinus • **Marcus Aurelius** • Selbstbetrachtungen • **Charles Baudelaire** • Die Blumen des Bösen • **Harriett Stowe** • Onkel Toms Hütte • **Walter Benjamin** • Deutsche Menschen • **Hugo Bettauer** • Die Stadt ohne Juden • **Lewis Caroll** • *und viele mehr….*

Josephine Siebe

Kasperls Abenteuer in der Stadt

Inhalt

Im Garten der Gräfin Rosemarie

Mitten in dem schönen Garten, der das Schloß der Gräfin Rosemarie umgab, stand Schlaupeterle, wie man ihn nannte, und hielt eine Gießkanne in der Hand. Es war auch Wasser in der Gießkanne, aber Schlaupeterle vergaß das Gießen, weil es ihm gar so gut in dem weiten Garten gefiel. Er war zu Besuch zu seinem Großvater, dem Schloßverwalter, gekommen. Als Ferienbesuch in einem Schloß zu wohnen, das lohnte sich schon! Schlaupeterle stand und staunte. Das Schloß war gerade unbewohnt, denn die Gräfin Rosemarie war mit ihrem Manne, dem berühmten Geiger Michael, in die weite Welt gefahren. Hei, dachte Schlaupeterle, in dem Schloß möchte ich immer wohnen.

Er sah zu den Fenstern empor. Bis auf eins waren sie in den oberen Stockwerken alle geschlossen. Auf dieses eine starrte Schlaupeterle wie auf eine Geburtstagstorte. Er überhörte dabei, daß jemand kam, und er erschrak gewaltig, als ihn der Großvater unversehens auf die Schulter schlug. „Willst wohl 'n Loch ins Schloß gucken?“ fragte der.

„Wer wohnt denn da?“ Schlaupeterle zeigte mit dem Finger auf das eine offene Fenster.

„Niemand,“ brummte sein Großvater. „Zuletzt hat Kasperle in dem Zimmer geschlafen.“

„Kaaa . . .“

„Himmel, Bengel, reiß doch den Mund nicht so auf!“ rief der Schloßverwalter. „Ist dir was im Halse steckengeblieben?“

Aber Schlaupeterle bekam den Mund nicht gleich zu: „Kaaa . . .“ stotterte er wieder, und da lachte sein Großvater. „Du willst wohl sagen: Kasperle?“ fragte er. „Ja, der hat da drin gewohnt.“

Schlaupeterle tat nun endlich einen tiefen Seufzer. Klapp! ging der Mund zu, klapp! riß ihn der Bube wieder auf und schrie: „Das ist ja 'n Märchen!“

„Unsinn, Wahrheit ist's! Hast du denn noch nie etwas vom Kasperle gehört?“

„Nä!“ schrie Schlaupeterle. „Den gibt's nicht – nur auf dem Jahrmarkt.“

Da besann sich der Großvater, daß Schlaupeterle von weit hergekommen war und darum nichts von Kasperle wissen konnte. Er setzte sich an ein Beet, auf dem die Tulpen bunt blühten, und sagte: „Stell mal deine Kanne hin, Schlaupeterle; ich will dir von Kasperle erzählen. Aber – „

Vorsicht! konnte der Großvater nicht mehr sagen, denn Kanne und Schlaupeterle waren vor lauter Eifer schon zusammen in das Tulpenbeet gerutscht. „Dumm!“ rief der Schloßverwalter, und Schlaupeterle dachte erschrocken: Nun gibt es keine Geschichte.

Es gab aber doch eine. Schlaupeterle mußte sich in die Sonne setzen und sich trocknen lassen, und der Großvater erzählte dazu von Kasperle.

„Vor Jahren, als die Gräfin Rosemarie, der jetzt das Schloß gehört, noch ein Mädchen war, das mit Puppen spielte, hat Meister Friedolin, der in einem Waldhaus wohnt, einmal in einem alten Schrank ein Kasperle gefunden. Ganz verstaubt hat es ausgesehen, aber wie ihm die Sonne auf die Nase geschienen hat, ist es putzlebendig geworden.“

„Nä, das gibt's nicht!“ schrie Schlaupeterle.

„Doch, das gibt es! Halt den Schnabel!“ brummte der Schloßverwalter. „Das Kasperle ist vielleicht noch das einzige richtige Kasperle auf der Welt. Es hatte beinahe hundert Jahre in dem Schrank geschlafen, aber nun ist es wieder lebendig und sehr unnütz, Potztausend ja! Erst ist es im Waldhaus ausgerissen, ist nach Protzendorf gekommen und hat dem Bauer Strohkopf den Kuchen vor der Nase weggegessen. Dann ist Kasperle Gänsehirte geworden, hat nichts wie Dummheiten gemacht und ist schließlich dem Grafen von Singerlingen auf den Wagen gesprungen. Hier im Schloß war Hochzeit, und da ist Kasperle mit dem Grafen angekommen. Jemine, was hat er da für Dummheiten gemacht! In die Schlagsahne ist er gefallen, in unseres Herzogs Bett hat er sich gelegt, bestraft sollte er werden, aber die Gräfin Rosemarie hat ihn gerettet und in ihr größtes Puppenbett gelegt. Dann ist Kasperle ausgerissen, ist nach einem Dorf, Waldrast heißt es, zum Schulmeister gekommen, hat dort den Kindern das Kaspern beigebracht. Aber des Schulmeisters Base Mummeline hat Kasperle verraten. Da sind Landjäger gekommen und haben Kasperle fangen wollen, denn der Herzog August Erasmus hat eine hohe Belohnung dem versprochen, der ihm Kasperle bringt. Doch Kasperle ist noch glücklich entwischt, ist weit, weit in den Wald hineingelaufen und hat schließlich nach etlichen Tagen das Michele, einen Geißbuben, getroffen. Der ist nun dem Kasperle ein treuer Freund gewesen und ist es noch, und Kasperle hat ihm auch ein sehr großes Opfer gebracht. Doch das kommt erst später.

Nahe bei Micheles Hüteplatz hat ein Jagdschloß des Herzogs August Erasmus gestanden. In dem hat Kasperle gewohnt, bis auf einmal der Herzog gekommen ist. Kasperle hat sich in einer geheimen Kammer versteckt, und alle haben gedacht, es sei ein Gespenst im Schloß, bis sie gemerkt haben, daß Kasperle die halbe Räucherkammer leer gefressen hatte. Ei du lieber Himmel, war das eine Aufregung im Schloß! Schließlich ist Kasperle doch entwischt, ist nach Torburg geflohen, hat dort bei Meister Helmer, der den allerschönsten Garten weit und breit besitzt, gewohnt, bis er auch da entdeckt worden ist. Meister Severin, ein Geiger, der es versteht, allen Instrumenten eine Seele zu geben, hat gewußt, wo das Waldhaus ist, und der hat das Kasperle endlich heimgebracht."

„Uff!" Schlaupeterle seufzte tief. „Wohnt er nun wieder da?" fragte er.

„Jetzt, ja. Aber eine Zeitlang ist er beim Herzog August Erasmus auf Burg Himmelhoch gewesen. Inzwischen ist nämlich Michele, den Meister Severin zu sich genommen hatte, ein berühmter Geiger geworden; der hat die schöne Gräfin Rosemarie geliebt."

„Die spielt doch noch mit Puppen!" schrie Schlaupeterle.

Doch sein Großvater sagte: „Dummpeterle, sie ist halt gewachsen, nur Kasperle nicht. Der ist klein geblieben und ein Schelm dazu. Aber ein gutes Herz hat er, und im Waldhaus haben ihn alle lieb. Herr Severin hat nämlich Meister Friedolins Pflegetochter, die schöne Liebetraut, geheiratet. Und als einmal der berühmte Geiger Michael zu Besuch gekommen ist, hat das Kasperle gehört, daß dessen Geige geweint hat. Und Michele hat ihm von der Gräfin Rosemarie erzählt. Kasperle aber, der gute kleine Schelm, hat einen Brief an den Herzog August Erasmus, der ihn noch immer gern hat haben wollen, geschrieben. Der Brief lautet so:

Hähr Härzog iich Kasperle wil bai diech gomen und fiel Schbaasen magen wen Krefin Rohsemarie heurathen dut main Freund Michele. Un ich reisse niemalen auhs, nuhr wen du sackst: gäh sum Teifele Kasperle. Dan gäht Kasperle – ahber for immer. Schmaise auch ainen Briff übber die Gränze miht dain Wort. Dann gomd bästimt

Kasperle.

Und danach ist das Kasperle wirklich zum Herzog gegangen, und unsere schöne Gräfin Rosemarie hat den Geiger Michael geheiratet. Hier im Schloß war die Hochzeit, und Kasperle ist –"

„Herzog geworden," schrie Schlaupeterle.

„Gott bewahre! Unser Herzog August Erasmus lebt doch noch. Der ist noch gar nicht so alt, ja, man sagt, er werde bald heiraten, was recht gut wäre. Er ist schon etwas wunderlich, und Kasperle, das arme Kasperle, hat es arg schwer bei ihm gehabt. Die Prinzessin Gundolfine, des Herzogs Base, hat Kasperle nicht leiden können, weil der ihr hier die falschen Haare mit einem Zweig vom Kopf gezogen hat und dann in ihre Haubenschachtel gefallen ist. Auf Burg Himmelhoch haben sie Kasperle in einen Turm, auch mal in ein Kellerloch gesperrt, und der kleine Schelm hat viel ausstehen müssen."

„Pfui!" rief Schlaupeterle ganz entrüstet, „ich wär' davongelaufen!"

„Ja, schlimm war es schon, aber davonlaufen konnte das brave Kasperle nicht; er hatte doch sein Wort gegeben zu bleiben, bis der Herzog ihn selbst zum Teufel schicken würde. Na, und so etwas hat unser Herzog eben nicht gleich gesagt, und es war auch gut; Kasperle hat so das traurige Marlenchen kennen gelernt und hat den Ring gefunden, den der Vater des traurigen Marlenchens, der Herr von Lindeneck, gestohlen haben sollte. Da ist aus dem traurigen Marlenchen ein lustiges Marlenchen geworden, und schließlich ist Kasperle auch frei gekommen. Er hat nämlich den Herzog an der Zehe gefaßt in der Nacht, und da hat der wütend gerufen: Geh zum Teufel! und wutsch! ist mein Kasperle ausgerissen. Nicht zum Teufel, bewahre, sondern zu dem guten Grafen von Singerlingen ist er gelaufen, und der Graf hat ihn ins Waldhaus zurückgebracht. Das war dann eine große, große Freude, als Kasperle ins Waldhaus heimkehrte. So, nun ist's aus."

„Und wenn sie nicht gestorben sind, dann leben sie heute noch," sagte Schlaupeterle zufrieden.

„Dummer Bub!" rief sein Großvater. „Die Geschichte ist doch erst vorigen Sommer passiert, und natürlich leben alle noch purzelvergnügt im stillen Waldhaus zusammen. Nur unsere schöne Rosemarie und ihr lieber Mann sind just auf der Reise in fremden Ländern."

„Ich will auch hin," schrie Schlaupeterle.

„Na, da mußt du noch viel lernen, ehe du in die weite Welt reisen kannst," brummte der Schloßverwalter.

„Nä, nicht dahin, in das Waldhaus will ich," rief Schlaupeterle.

„Ach so! Na ja, zum Kasperle würdest du ganz gut passen. Aber damit ist es jetzt nichts; jetzt gieße erst mal die Blumen."

„Ja," rief Schlaupeterle, „und dann gehe ich ins Waldhaus." Er nahm die Gießkanne und goß alles Wasser, das noch darinnen war, einer Tulpe über den Kopf. Die ertrank beinahe, und der Großvater brummte: „Dummpeterle könntest du eher heißen als Schlaupeterle. Laß lieber das Gießen sein! Geh in das Schloß und iß dein Abendbrot!"

Dies ließ sich Schlaupeterle nur einmal sagen. Er ließ die Gießkanne stehen, wo sie stand, lief hinein, aß drinnen einen ganzen Berg Wurstbrote auf, legte sich dann in sein Bett, schlief wie ein Rätzlein und träumte die ganze Nacht von Kasperle, Marlenchen, dem Herzog und der bitterbösen Prinzessin Gundolfine. Es war ein wunderschöner Traum, und als Schlaupeterle aufwachte, wäre er am liebsten eins, zwei, drei in das Waldhaus gelaufen. Doch wo das lag, sagte ihm niemand, sein Großvater hatte es allen verboten.

Abschied von der Heimat

Das Kasperle, von dem der Schloßverwalter seinem Enkel, dem Schlaupeterle, erzählt hatte, lag an einem Frühlingstag vor dem Waldhaus und ließ sich seine große Nase von der Sonne bescheinen.

Neben Kasperle saß die schöne Frau Liebetraut. Sie war so wunderschön, als hätte sie der Frühling selbst hingesetzt. Eine Laute hatte sie im Arm, und sie sang:

„O Heimat, am Walde du Haus,
Bald ziehn wir fort von dir,
Ziehn in die fremde Welt hinaus.
Doch meine Sehnsucht bleibet hier,
Bleibt immer hier – bei dir!“

Die Stimme klang so traurig, daß Kasperle plötzlich die Nase hob und ängstlich fragte: „Ist doch nicht wahr?“ Aber Frau Liebetraut sang weiter:

„Ich werde dich nie vergessen,
Klein Haus am Waldesrand,
Und sollt' ich die Welt durchmessen,
Weil hier mein Glück ich fand . . .“

„Ist doch nicht wahr?“ Kasperle sprang nun hoch und trat zu der schönen Frau hin.

Die summte leise weiter:

„Und meines Liebsten treue Hand!“

Da trat dieser, von dem sie sang, der Meister Severin, aus dem Waldhaus. Der war ein feiner, kluger Mann; er konnte noch immer allen Instrumenten eine Seele geben.

„Ist nicht wahr?“ Kasperle sah bittend zu dem treuen Freund auf. Der aber strich ihm leise mit der Hand über den Strubbelkopf und sagte: „Ist schon wahr, kleines Kasperle. Wir ziehen fort aus dem Waldhaus.“

„Nä!“ Kasperle fing ein jämmerliches Geheule an. An Frau Liebetraut, Meister Severin und ihren zwei kleinen Kindern hing sein Herzelein, wie an seinem Freund Michele und der lieblichen Rosemarie. Nun waren die beiden vor etlichen Wochen schon auf eine weite, weite Reise gegangen, die ganze Welt wollten sie umsegeln und – nein, was zuviel war, war zuviel. Kasperle brüllte in seinem Kummer so sehr, daß Meister Friedolin und Mutter Annettchen aus dem Hause gerannt kamen.

„Was ist geschehen, was ist geschehen? Will wieder jemand das Kasperle rauben?“ fragten sie beide.

Nein, das wollte niemand. Kein Mensch war zu sehen, der böse Absichten hatte, und die schöne Liebetraut nahm Kasperle auf ihren Schoß, als wäre der ihr eigenes Herzbubele, und streichelte ihn lind. Meister Severin aber erzählte, er habe so viel dem Rauschen des Waldes gelauscht und wolle nun einmal niederschreiben, was er vernommen habe, damit auch andere Menschen es hören könnten. Ein großes, feierliches Werk, dem lieben Gott zu Ehren, wollte er schreiben. Dazu müßte er aber eine Orgel haben, und weil man ihn in einer Stadt, die eine wunderherrliche Orgel hatte, gern als Musikmeister haben wollte, darum wollte er mit seiner Familie hinziehen. „Wenn wir dort sind, besuchst du uns,“ sagte Meister Severin zu dem weinenden Kasperle.

Kasperle wischte sich die Tränen aus den Augen, und Meister Severin erzählte, sie würden in Torburg in einem alten Hause neben der hohen, schönen Kirche wohnen.

„Ist Wald da?“ fragte Kasperle.

„Nein! Doch nicht in der Stadt, du Dummerle! Aber jemand wohnt da, den du kennst."

„Die Prinzessin Gundolfine," schrie Kasperle gleich. Vor dieser Prinzessin hatte er nämlich eine heillose Angst.

„I wo! Der Gärtner Helmer wohnt dort, der den schönen, bunten Garten hat. In Torburg bist du ja schon einmal gewesen, kleines Kasperle."

Jemine, da sperrte Kasperle aber seinen Mund auf! Doch gleich fing er wieder zu jammern an. In Torburg war der Kasperlemann gewesen, und man hatte ihn, das Kasperle, dort fangen wollen.

Doch Herr Severin beruhigte ihn; er solle nur keine Angst haben. Der Fürst von Wolkenstein, dem Torburg gehöre, habe sich mit dem Herzog August Erasmus gezankt um ein Dorf an der Grenze, und nun seien sie bitterböse miteinander. Am liebsten hätten sie Krieg angefangen, aber der Kaiser habe gesagt, sie sollten froh sein, daß Friede im Lande sei.

Weil aber Kasperle noch immer sehr traurig dreinsah, sagte Mutter Annettchen: „Kasperle, denke doch, wenn du nicht bei uns bleibst, dann sind wir alten Leute ganz allein!"

Das war ein schwerer Fall! Kasperle wollte sich ebenso ungern von Meister Friedolin und Mutter Annettchen trennen wie von Meister Severin und der schönen Frau Liebetraut.

Und wie er noch stand und überlegte, kam eilig ein Mann dahergerannt. Er kam von der Straße her, die nach Protzendorf führte.

„Da kommt jemand," schrie Kasperle.

Der Mann, der daherkam, rannte sehr schnell; er hatte aber auch sehr lange Beine, und Kasperle atmete auf. „'s ist Damian ohne Maul," sagte er vergnügt.

Das war der Schäfer aus Protzendorf. Erst war zwischen ihm und Kasperle bittere Feindschaft gewesen, der Damian hatte ihn sogar rauben wollen; nun bestand die allerbeste Freundschaft, darum schauten auch alle dem Damian ohne Maul freundlich entgegen.

Als der am Waldhaus angelangt war, schnappte er erst einmal wie ein Walfisch nach Luft, dann schrie er, erst links, dann rechts mit dem Zeigefinger weisend: „Der da will die da heiraten, und dann will der da den da.“ Bei dem letzten Wort tippte er Kasperle so auf sein Bäuchlein, daß der sich gleich ins Gras setzte.

Es ging um Kasperle, das war schon zu merken. Aber wer der da und die da waren, das wußte selbst der kluge Herr Severin nicht. Er fragte freundlich: „Aber Damian, was soll denn das heißen?“

Damian starrte ihn verdutzt an. Viel zu reden liebte er nicht, und auf dem Weg hatte er es sich immer überlegt, wie er die Geschichte am kürzesten sagen konnte. Er war höchst erstaunt, daß man ihn nicht verstanden hatte, und dachte: Mußt lauter reden. Also schrie er: „Der da will die da heiraten, und dann will der –“

Wutsch! verkroch sich Kasperle, er hatte keine Lust, noch einmal ans Bäuchlein getippt zu werden, denn Damian hatte eine harte Hand.

„Wer ist der da?“ fragte Herr Severin.

„Na, unser Herzog August Erasmus!“ brummelte Damian.

„Und wer ist die da?“

„Na, die Prinzessin Maria von Burgau!“

„Was, die schöne, junge Prinzessin will den alten Herzog heiraten?“

„Ob se will, das weiß ich nicht,“ brummte Damian; „aber heiraten tut se ihn, und übermorgen ist Verlobung, und dann soll Kasperle gleich gefangen werden.“

„Aber,“ rief Kasperle, „er ist doch mein Freund! Ich hab' doch ein Brieflein von ihm,“ und er wuschelte in seinem Wämslein herum und brachte einen verschmierten, zerknitterten Brief heraus. Ganz stolz las er vor:

„Mein liebes Kasperle!

Ich bin Dir gar nicht mehr böse und lade dich ein, mich recht, recht bald zu besuchen –“

„Haste ihn denn besucht?“ fragte Damian.

„Nä!“ Kasperle sah den langen Schäfer höchst verdutzt an. „Ich mochte doch nicht, weil – weil ich Angst vor der Prinzessin Gundolfine hab'.“

„Na, siehste, und das hat der Herzog übelgenommen!“ rief Damian.

„Wie kann er denn? Er hat ja nie wieder geschrieben, Kasperle möge kommen,“ redete Herr Severin etwas ärgerlich dazwischen.

„Doch, er hat geschrieben. Aber sein Kammerdiener hat von der Prinzessin viel Geld bekommen und hat die Briefe nicht abgegeben. Der Diener Veit hat's mir selbst erzählt.“ Damian sah sich stolz um, und Kasperle schlug sich auf seine Beine vor Wut. „Wenn ich den Brief nicht gekriegt habe, dann –“

„Dann ist der Herzog doch böse,“ sagte Meister Severin. „Ich kann mir das schon denken. Aber daß er darum gleich heiraten will!“

„Nä, nicht darum!“ Damian schüttelte den Kopf. „Er hat doch keine Frau, und 'n Herzog muß doch eine haben. Und die Prinzessin Gundolfine möcht' ihn gerne. Vor der hat er aber 'ne höllische Angst, und darum heiratet er die Prinzessin Maria. Aber das Kasperle will er auch.“

„Ich geh' nicht zu ihm, ich hab's nicht versprochen.“

„Aber schlimm ist's doch, daß dich der Herzog will. Du wirst ihn schon besuchen müssen,“ sagte Meister Severin.

„Mit Besuch ist's nicht abgetan, der Herzog will ihn nun ganz und gar. Er meint, das Lachen würde ihm gut tun, also soll Kasperle wieder sein Spaßmacher werden.“ Damian stöhnte ordentlich; so viel hatte er seit langem nicht zusammen geredet.

„Hach, hach!“ kreischte Kasperle. „Ich will nicht, nein, nein, ich will nicht zum Herzog!“ Dem Kasperle schien der Herzog August Erasmus wirklich sein allergrimmigster Feind zu sein, und wenn er an Burg Himmelhoch dachte, wurde es ihm wind und weh.

Herr Severin schüttelte den Kopf. Seit vielen Jahren bestand Feindschaft zwischen dem Herzog und dem Fürsten Johann Jakob Joseph Jeremias von

Burgau, und nun auf einmal sollten sich die Feinde ausgesöhnt haben. Und die Prinzessin Maria, die doch den Fürsten von Wolkenstein, in dessen Lande Torburg lag, liebte, würde den alten, grilligen Herzog heiraten. Meister Severin sah den langen Damian an und sagte: „Ich glaub's nicht!“

„Es ist schon so,“ ertönte auf einmal ein liebes, feines Stimmchen, und aus dem Walde trat das Marlenchen, Kasperles gute Freundin. Sie trug ein schneeweißes Kleid und weiße Schuhe und kam daher wie ein Waldelflein. „Mein Vater holt mich dann ab,“ sagte sie; „er hat mir aufgetragen, ich solle heute zu Kasperle gehen und dem Meister Severin diesen Brief bringen.“

Als Kasperle die kleine Freundin erblickte, vergaß er alle Angst; er überschlug sich gleich vor Freude, und dann faßte er Marlenchens Hände und die beiden tanzten rund herum. Vor einem Jahr noch hatte man das liebliche Kind das traurige Marlenchen genannt, jetzt aber war es immer von einer stillen, sanften Heiterkeit, und das hatte Kasperle zuwege gebracht.

Meister Severin las unterdessen den Brief, den ihm der Herr von Lindeneck, Marlenchens Vater, geschrieben hatte. Darin stand nun auch, der Herzog August Erasmus wolle die Prinzessin Maria heiraten, nur um das Waldhaus mit dem Kasperle zu bekommen. Die Prinzessin Maria sei zwar sehr traurig, weil sie viel lieber den Fürsten von Wolkenstein heiraten möchte, aber da der Herzog August Erasmus so viel, viel reicher sei, müsse sie ihn nehmen.

Armes Kasperle, dachte Herr Severin, als er den Brief gelesen hatte, was fangen wir nun an? Wenn einer vom Waldhaus über die Grenze läuft oder fährt, muß er an den Wächtern vorbei, und um nach Torburg zu reisen, muß man durch das ganze Herzogtum hindurch. Wie soll da das Kasperle entwischen?

„Da kommt er,“ schrie der lange Damian, und alle, die vor dem Waldhaus saßen und standen, dachten einen Augenblick, der Herzog August Erasmus käme selbst anspaziert.

Es war aber der Kasperlemann, der daherkam, der, der einst Kasperle arg verfolgt und ihm dann später versprochen hatte, ihm immer zu helfen. Der hatte die Geschichte von der Heirat und daß es Kasperle an den Kragen gehen sollte, wohl vernommen. Der Kasperlemann hatte seinen kleinen grünen Wagen mit. Schon von weitem rief er: „Schnell, schnell, Frau Liebetraut! Gebt dem Kasperle etwas zu essen, er muß ausreißen."

Ausreißen! Wieder einmal das Waldhaus verlassen! Kasperle tat einen schweren Seufzer, er fiel platt auf die Erde nieder, verdrehte die kleinen schwarzen Glitzeraugen und sagte: „Ich sterbe."

„Na, so flink wird das noch nicht gehen!" Meister Friedolin lachte ein wenig, hob das Kasperle auf und sagte: „Ich verstecke dich wieder im Schrank."

Aber Damian und der Kasperlemann riefen beide: „Das hilft nichts. Der Herzog will durchaus Kasperle. Er hat gesagt, er lasse das Waldhaus ausbrennen, wenn er Kasperle nicht finde. So sehr hat er sich geärgert, daß Kasperle ihn nie besucht hat."

Das war doch eine schlimme Sache! Herr Severin sah sehr ernst drein, und Mutter Annettchen und die schöne Frau Liebetraut weinten etwas.

Da sagte Marlenchen: „Komm, geh mit mir! Bei uns sucht dich niemand."

Das mochte schon stimmen. Der Kasperlemann hob seinen Finger, legte ihn an seine Nase und sagte: „Ich weiß was! Marlenchen nimmt Kasperle mit, und wenn der Herr Severin und die schöne Frau Liebetraut in Torburg wohnen, dann bringe ich Kasperle hin."

„Und wir?" fragten Meister Friedolin und Mutter Annettchen.

„Ihr kommt mit nach Torburg. Dann sind wir wieder alle beisammen," rief Frau Liebetraut. „Und unser Kasperle kommt auch zu uns." Sie sah mit ihren schönen Augen den Kasperlemann an, als wäre der ein Glasschrank. Aber sie sah wohl, er meinte es ehrlich.

„Und ich komme auch nach Torburg. Dort wohnt meine Tante; die besuche ich dann manchmal," zwitscherte Marlenchen. „Aber nun komm,

Kasperle, sonst –“ Marlenchen sah sich ängstlich um, und alle taten es ihr nach. Etwas gefährlich war es schon. Sie wußten nun, wenn der Herzog einmal Kasperle hatte, entkam der nicht mehr so leicht.

„Zieh aber lieber deinen grasgrünen Kittel an! Dein flitzebuntes Wämslein verrät dich zu leicht,“ riet der Kasperlemann.

Der Rat war verständig. Frau Liebetraut holte das Kittelchen, Kasperle zog den grasgrünen Rock an, der Kasperlemann aber nahm den flitzebunten und sagte: „Den hänge ich irgendwo am Wege auf, da denken sie, Kasperle sei ausgerissen.“

„Flink, flink,“ mahnte Marlenchen ängstlich, „sonst wird es zu spät!“ – „Flink, flink!“ mahnte auch Meister Severin.

Da gab es einen kurzen Abschied. Das Heulen unterließ Kasperle, aber sein kleines Herz wurde ihm auf einmal so schwer, daß er meinte, es müßte mitten entzweibrechen. Er sollte das Waldhaus verlassen, und alle, die darin wohnten, wollten auch die geliebte Heimat verlassen. O, das Waldhaus! Das kleine, trauliche Haus, von Tannen umrauscht, das sollte er nun nie mehr sehen. Er sah sich im Kreise um, sah in lauter traurige Gesichter, und er atmete schwer. „Es geht nicht,“ rief er kläglich.

„Es geht schon,“ sagte Meister Friedolin. „Tapfer! Wenn man nur zusammen ist, dann hat man überall eine Heimat.“

Marlenchen ergriff Kasperles Hand und bat: „Komm, sonst – fangen sie dich, und der Herzog sperrt dich ein.“

Ach, lieber Himmel, es war schwer, ein Kasperle zu sein, das durchaus ein Herzog haben will! Kasperle nahm Abschied, und dabei fing er nun so bitterlich an zu weinen, daß die Vögel im Walde erstaunt lauschten, was denn im Waldhaus geschehen sei. Und dann zwitscherten sie es einander zu: Kasperle zieht fort, die Waldhausleute ziehen in die Stadt. „Trillilli, tirillilli, pink, pink, twiwit, twiwit, wir wollen alle mit!“

„Jetzt macht ein Ende!“ sagte Meister Friedolin. „Kasperle, geh! In Torburg sehen wir uns wieder.“

„Auf Wiedersehen, auf Wiedersehen!" Kasperle legte seinen Kopf auf den Schoß der schönen Frau Liebetraut, und die strich ihrem unnützen, lieben, kleinen Schelm noch einmal zärtlich über die Wangen. Dann mahnte auch sie: „Nun geh!"

Marlenchen zog den kleinen Freund mit fort. Damian drehte sich geschwinde um, brummte „Protzendorf", das sollte heißen, er gehe dahin zurück. Aber er ging nicht dahin zurück, er rannte den Kindern nach und dachte: „Wenn jemand kommt, und wenn es der Herzog selbst ist, ich halte ihn fest." Der Kasperlemann nahm Kasperles flitzebunten Kittel und fuhr rasch nach Schönau zu. Damit niemand merkt, daß ich hier gewesen bin, dachte er. Auf halbem Wege ging er ein paar Schritte in den Wald hinein, warf den bunten Kasperlekittel ins Gras, ein Stückchen weiter eine kleine Peitsche, just so, als habe Kasperle selbst dies und das weggeworfen.

Unterdessen liefen Marlenchen und Kasperle durch den Wald. Sie sahen die Landstraße aufschimmern und sahen auf ihr sechs Landjäger marschieren. Oje, das war schlimm!

„Wirf dich in den Graben!" brummte Damian.

Platsch! lag Kasperle im Graben. Der lange Damian aber zog seinen Rock aus, warf ihn über das Kasperle, und dann setzte er sich auf den Rand, streckte die Beine von sich und fing an, eine Pfeife zu schnitzen. Marlenchen kauerte nicht weit davon entfernt nieder, und auf einmal brummte Damian: „Sing doch was!"

Da erhob Marlenchen ihr feines Stimmlein und sang:

„Vöglein, sag' einmal,
Sahst über Berg und Tal
Du den Frühling gehn?
Vöglein, sag' es mir,
Begegnete er dir
Und war er recht schön?
War grasegrün sein Kleid,

Ging wie zur Festtagszeit
Er hier vorbei?“

„Wer ist hier vorbeigegangen?“ brummte der Wachtmeister der Landjäger Marlenchen an.

Alle sechs Landjäger standen auf einmal am Graben, und dem Kasperle unter Damians Rock wurde es himmelangst.

„Dumm, dumm!“ schrie der lange Damian. „Wir reden vom Frühling. Habt ihr ihn gesehen?“

„Nee,“ brummte der Wachtmeister. „Was ist denn das für ein Herr?“

Marlenchen lachte hell auf und sang:

„Vöglein auf dem Ast,
Kennst du den holden Gast?
Ei, dann sing, ping, ping!
Frühling, o Frühling!“

„Ach, so 'n dummes Geschwaifle!“ brummte der dicke Wachtmeister. „Ist hier vielleicht ein Kasperle vorbeigelaufen?“

„Bewahre, das ist noch nicht vorbeigelaufen!“ antwortete Damian. “Na, dann ist's also noch im Waldhaus, und wir kommen nicht zu spät!“ Die Landjäger marschierten vorbei, Marlenchen lachte und sang immerzu: „Ping, ping, tirilli, tirilli!“

Gerade wollte Kasperle seine Nase unter Damians Rock hervorstrecken, als sich ein Landjäger noch einmal umdrehte und fragte: „Geht's rechts zum Waldhaus?“

„Links,“ schrie Damian, der andersherum saß.

„Marsch, links!“ riefen die Landjäger, und dann gingen sie trapp, trapp links und kamen nach zwei Stunden in Schönau an, weil sie verkehrt gegangen waren.

Abenteuer auf der Flucht

„Jetzt kommt der Vater mit seinem Wagen!“ rief Marlenchen, gleich nachdem die Landjäger abgezogen waren.

„Ist gut, 's ist niemand sonst auf der Straße.“ Damian nahm das Kasperle wie ein Bündel unter den Arm und lief mit Riesenschritten dahin, wo der Herr von Lindeneck mit seinem Wagen hielt, warf das Kasperle hinein, daß dem Sehen und Hören verging, und weg rannte er.

Marlenchen kletterte auch in den Wagen, und sie wollte gerade beginnen, Kasperle zu bedauern, als der Vater mahnte: „Decke ihn zu und sei still! Der Herzog ist unterwegs.“

„Hach!“ Kasperle quiekte vor Angst, er rutschte unter den Sitz und wickelte sich ganz und gar in die Wagendecke ein. Nach zwei Minuten aber klagte er: „Ich krieg' keine Luft, und ich sehe nichts.“

„Das Sehen ist ja nicht gerade nötig. Sonst erblickt der Herzog deine unnützen Kasperleaugen; das wäre schlimm,“ sagte Herr von Lindeneck.

Marlenchen aber, der der kleine Freund leid tat, lüftete ein wenig die Decke. Da kam ein Lüftlein an Kasperles Nase, und etwas vom blitzeblauen Himmel sah er auch. „Erzähl' was!“ bettelte er, denn das feine Marlenchen wußte gar liebliche Märchen zu erzählen.

„Also, es war einmal,“ begann Marlenchen, –

„Ein Herzog, der ein Kasperle haben wollte, und da hinten kommt er angefahren,“ unterbrach der Herr von Lindeneck die Geschichte. „Nun sei aber muckstill, Kasperle!“

„Hach!“ Kasperle stöhnte dumpf, und dann hielt er sich selbst seinen Mund zu, denn näher und näher klang das Rollen eines andern Wagens. Der Herzog kam wirklich daher, und neben ihm im Wagen saß mit einem sauersüßen Gesicht die Prinzessin Gundolfine, Kasperles ärgste Feindin. Die war bitterböse über des Herzogs Verlobung. Sie dachte nämlich: Wenn er schon heiratet, warum denn nicht mich?

Der Herr von Lindeneck, der guten Grund hatte, den Herzog und seine Base nicht sehr zu lieben, wollte rasch vorbeifahren, aber der Herzog rief ihm zu: „Halt, halt! Ich habe eine Bitte an Sie, Herr von Lindeneck. Ich möchte den Grafen von Singerlingen besuchen, da ich soeben erfahren habe, er sei krank. Aber meine Base Gundolfine will mich nicht begleiten. Nehmen Sie mich, bitte, in Ihrem Wagen mit!"

Da konnte nun Herr von Lindeneck nicht gut nein sagen, denn der Herzog war immerhin sein Landesfürst, und darum sagte er steif, aber höflich, er wolle das tun.

„Er ist ein Grobian," brummte die Prinzessin. Auch der Herzog ärgerte sich ein wenig, aber er stieg doch aus seinem Wagen aus und setzte sich in den des Herrn von Lindeneck, gerade auf den Sitz, unter dem Kasperle saß. Marlenchen wurde blaß vor Angst, und der Herzog dachte: Sie fürchtet sich vor mir, da begann er gar freundlich mit der Kleinen zu reden.

Die Prinzessin Gundolfine sah es, ärgerte sich, denn sie hatte keine Lust, allein zu fahren. Sie sagte: „Mein herzoglicher Vetter ist drüben in dem Wagen nicht willkommen," und sie hätte gewiß noch allerlei Ungutes gesagt, wenn der Herr von Lindeneck nicht rasch weitergefahren wäre.

Der fuhr aber so schnell, so schnell er nur konnte, und das arme Kasperle wurde unter seinem Sitz hin und her gestoßen. Er hatte noch den Stock in der Hand, den ihm Damian vorher geschnitzt hatte, und er dachte: Damit stütze ich mich. Er wollte sich also stützen, doch der Stock rutschte aus, und kiks! bekam der Herzog einen Stich in seine Wade.

„Au!" schrie der hohe Herr. „Was beißt denn da?"

Da wurde Marlenchen plötzlich blutrot vor Schreck, und der Herzog begann sich entsetzlich zu schämen. Er dachte nämlich: Mich hat gewiß ein Floh gebissen, und Marlenchen denkt das auch. Und weil er ein sehr vornehmer Herr war, redete er nicht gern von Flöhen. Er fing also flink von seiner Burg Himmelhoch zu reden an und sagte, Marlenchen müsse ihn dort bald besuchen. Aber die Kleine tat den Mund kaum auf. Sie dachte nur immer: Wenn das mit Kasperle nur gut ausgeht! Ihr Vater dachte das auch, und Kasperle schwitzte vor Angst.

Es ging auch nicht gut aus. Eine ganz schlimme Geschichte wurde es.

Dem Wagen entgegen kam nämlich ein anderer gerast, dessen Pferde durchgegangen waren. Hoppdihopp! mal rechts, mal links fuhr der. Herr von Lindeneck wollte halten, aber da war der Wagen schon da. Nun lenkte er, so vorsichtig, er konnte, zur Seite, aber dort war ein von Gras überwachsenes Loch, und pardauz! fiel die ganze Gesellschaft hinein. Der Herzog kam zum Glück für das Kasperle zu unterst, und Kasperle machte einen großen Satz über ihn hinweg, und in seiner Angst raste er in ein Gebüsch hinein und rutschte einen kleinen Abhang hinab. Es war nur gut, daß er nicht sein flitzebuntes Kasperlekittelchen anhatte, sonst wäre er vielleicht doch gesehen worden.

Der Herzog erhob sich stöhnend, Leute kamen gelaufen, Marlenchen lag weiß wie ein Schneeglöckchen im Grase.

Auf der andern Seite gab es auch einen furchtbaren Krach, da fiel auch der andere Wagen um, und eine Weile war ein großes Gelärme auf der Landstraße.

Es stellte sich aber heraus, daß der Herzog nur ein wenig in den Schmutz gefallen war, sonst war ihm gar nichts zugestoßen. Weil er auch einsah, daß der Herr von Lindeneck wirklich nichts dafür konnte, sagte er, er wolle das Stück bis zu dem Schloß des Grafen von Singerlingen zu Fuß gehen, Herr von Lindeneck und Marlenchen sollten ihn begleiten.

Doch da fing das Marlenchen an, so bitterlich zu weinen, daß selbst ihr Vater darüber erschrak. Er nahm sein kleines Mädel auf den Arm und flüsterte ihm zu: „Kasperle sitzt im Busch; der findet sich schon durch. Komm nur schnell von hier weg!“

Das half. Marlenchen trocknete ihre Tränen, und der Herzog gab ihr gnädig die Hand und führte sie selbst über die Wiese. Dabei kamen sie ganz dicht an Kasperle vorbei. Der duckte sich tief, tief ins Gebüsch; er hatte eine schreckliche Angst. Doch kaum war der Herzog vorbei, da erwachte in ihm die Lust, ein Streichlein zu spielen, etwas ganz Unnützes zu tun. Er nahm geschwinde eine große Kröte, die bis dahin gemütlich neben ihm gesessen hatte, und warf sie dem Herzog nach.

Der wollte sich just noch einmal nach dem verunglückten Wagen umsehen, als ihm die Kröte ins Gesicht flog. „Mein Himmel, hier fliegen Frösche herum!“ rief er.

Da zerrte und zog das Marlenchen an seiner Hand und flehte: „Wir wollen rasch gehen.“ Sie hat Angst vor den Fröschen, dachte der Herzog, und er ließ sich ziehen. Dabei wischte er sich immerzu das Gesicht ab, denn die Kröte war voller Schlamm gewesen, und er fand es gar nicht herzoglich, daß ihm eine Kröte ins Gesicht geflogen war.

Kasperle versteckte sich noch tiefer im lichtgrünen Gebüsch. Er kicherte immer vor sich hin, fand die Geschichte sehr spaßig und vergaß für eine Weile ganz seine gefährliche Lage. Er sollte aber bald daran erinnert werden, denn auf der Landstraße kam rissel-rassel der Wagen daher, in dem die Prinzessin Gundolfine saß.

Alle guten Geister, wenn die ihn erblickte! Sie sah so bitterböse aus, daß einer bei ihrem Anblick schon das Gruseln lernen konnte. Ach, und er wußte, die Prinzessin sah immer alles, was sie nicht sehen sollte. Vor allem sah sie den umgefallenen Wagen. Da ließ sie gleich halten und sich von dem Bauern, der neben dem Wagen stand und auf Hilfe wartete, erzählen, wie alles gekommen war. „Das kommt davon, daß mein herzoglicher Vetter mit dem Herrn von Lindeneck fahren wollte,“ rief sie zornig.

Kasperle in seinem Graswinkel schnitt sein allerbösestes Räubergesicht, und er hätte himmelgern der Prinzessin auch eine Kröte ins Gesicht geworfen. Doch er wagte es nicht, er wagte überhaupt kaum, sich zu rühren. Wenn ihn die Prinzessin fing, dann würde ihm alles Schreien nichts helfen, denn das Waldhaus lag schon ein paar Stunden weit entfernt.

Und die Prinzessin ging und ging nicht fort. Sie redete dies und redete das, und auf einmal – Kasperle hätte beinahe losgeschrien – sagte sie zu der Dame, die mit ihr im Wagen gesessen hatte: „Liebe Gräfin, wir wollen dem Herzog, meinem Vetter, nachgehen; ich bin sehr besorgt um ihn. Hier gleich über die Wiese führt ja ein Weg."

Nun hatte das Kasperle einen sehr treuen Freund am herzoglichen Hof. Das war der Diener Veit. Der hatte Kasperle, als er am Hof geweilt hatte, immer geholfen. Veit war mit der Prinzessin gefahren, und da er Augen hatte wie ein Luchs, erblickte er auf einmal das Kasperle. Das Buschwerk war noch nicht so dicht, um den kleinen Schelm ganz zu verbergen, und so sah Veit das tieferschrockene Kasperlegesicht. Da machte er selbst ein sehr betrübtes Gesicht und sagte ganz kläglich bittend, es sei doch so naß auf den Wiesen und die Prinzessin werde sich einen Schnupfen holen, und es wäre besser, sie fahre.

Prinzessin Gundolfine lächelte gnädig. Sie war ohnehin ein bissel faul und fuhr lieber, als daß sie ging. Sie sagte daher huldvoll: „Meinetwegen!" und stieg zu Kasperles großer Erleichterung in den Wagen. Rissel-rassel fuhr der davon, und Veit nickte ein wenig. Da merkte Kasperle, der hatte ihn gesehen und wollte ihn vor Unheil bewahren.

So ungefähr wußte der kleine Schelm, wo Schloß Lindeneck lag. Er fing also an, immer der Wiese entlang zu rutschen auf seinem Bäuchlein. Er wagte nicht, sich aufzurichten. Menschen waren an diesem Tage wenig zu sehen. Einmal gingen in der Ferne ein paar Landleute einen Feldweg entlang, da blieb Kasperle gleich platt liegen, und niemand sah ihn.

Endlich kam er in den Wald. Er atmete schon auf, als er plötzlich Stimmen hörte, Stimmen, die ihm sehr bekannt vorkamen. Ganz gewiß, der Herzog redete so und die Prinzessin Gundolfine.

Erschrocken sah sich Kasperle um. Auf einen Baum klettern! Da würde er gesehen. Das Unterholz war nicht dicht genug, um ihn zu verbergen. Wohin also?

Die Stimmen kamen näher und näher. Ein Wagen rumpelte und rasselte, die Gesellschaft schien aber zu Fuß nebenher zu gehen.

Da, im letzten Augenblick, – es schimmerten schon Kleider durch das Gebüsch – bemerkte Kasperle ein Loch, das in die Erde ging. Flugs, eins, zwei, drei, zwängte er sich hinein. Aber o jemine! In dem Loch hauste eine Fuchsfamilie, und Herr Rotschwanz knurrte den Eindringling böse an. Der schnitt flink ein Teufelsgesicht, ein Räubergesicht, sah aus wie die Prinzessin Gundolfine, wenn sie keifte, und die Füchslein erschraken darob sehr. Sie knurrten und bellten vor Angst, und plötzlich hörte Kasperle draußen eine Stimme sagen: „Hier ist ein Fuchsbau. Flink, Wolf, such' Füchslein!"

„Ach, wie spaßig, Herr Graf!" redete die Prinzessin Gundolfine süß wie Honigseim.

Kasperle dachte: Sie denkt, der Graf heiratet sie doch noch, aber seine lachlustigen Gedanken vergingen ihm schnell. Er sah plötzlich einen Hund sich in das Loch zwängen.

Potz Wetter ja, das war schon schlimm! Kasperle schnitt wieder ein Teufelsgesicht, aber der Hund ließ sich dadurch nicht verjagen. Den Füchsen war nun aber das Kasperle recht, der schützte sie vor dem Hunde.

„Können Sie hineinschießen?" fragte draußen Prinzessin Gundolfine.

„Ja, freilich," antwortete der Graf, „aber erst muß mein Hund wieder herauskommen."

Kasperle schwitzte vor Angst wie eine kleine Dampfmaschine. Zur rechten Zeit fielen ihm noch die Butterbrote ein, die ihm Frau Annettchen mitgegeben hatte. Er zerrte sie rasch aus seiner Tasche und warf eins dem Hunde hin. Der bellte laut und fraß schluck, schluck! das Brot auf.

„Wolf, hierher!" rief draußen der Graf von Singerlingen.

Wutsch! warf Kasperle dem Hund ein zweites Brot hin. Schluck, schluck! da war auch das weg.

„Wolf, gleich kommst du!"

Das dritte Brot fiel vor Wolf nieder, und der schluckte noch flinker.

In diesem Augenblick aber entdeckte draußen Marlenchen zwischen dem Gebüsch ein grasgrünes Fetzlein. Da war das Kasperle hängen geblieben, und als just der Graf von Singerlingen sagte: „Da in dem Loch muß etwas Seltsames sein; so ungehorsam war Wolf noch nie," erschrak sie sehr. Und in ihrer Herzensangst fing sie bitterlich zu weinen an und rief flehend: „Nicht schießen, ach, nicht schießen!"

„Das ist dumm! So furchtsam muß man nicht sein," rief die Prinzessin Gundolfine. „Wenn du Angst hast, gehe fort."

Der Graf von Singerlingen merkte wohl, das Marlenchen hatte vor etwas große Angst, und weil er die Kleine liebhatte und die Prinzessin nicht leiden konnte, sagte er, er werde lieber nicht schießen.

Schwapp! hatte drinnen Wolf die letzte Butterschnitte verschluckt. Er kratzte noch etwas die Erde auf, und dann kam er aus dem Loch. „Ach, nun schießen Sie!" bat die Prinzessin den Grafen.

Marlenchens Hand zitterte so in der ihres guten Freundes, daß der geschwind sagte: „Der Fuchs ist sicher schon so tief in seiner Höhle drin, daß ich doch nichts treffe."

„Ich will einmal nachsehen." Die Prinzessin war neugierig wie eine ganze Elsterfamilie. Flugs steckte sie ihren Kopf in die Höhle, und Kasperle sah ihr Gesicht am Eingang auftauchen. Da blies er in seiner Angst mit vollen Backen die Erde auf, schnitt ein Fuchsgesicht und griff ritsch, ratsch! der Prinzessin in die Haare. Er wußte wohl, daß die falsch waren. Schreiend zog die Prinzessin den Kopf zurück. Die Haare blieben glücklicherweise noch darauf, aber sie ächzte: „Schießen, schießen! Da ist ein greuliches Untier drinnen."

„Um Himmels willen," sagte der Herr von Lindeneck mit einem leisen Lachen, „wenn man da nicht trifft, kann es schlimm werden!"

„Ja, ja!" Der Graf von Singerlingen nickte. Er hatte zwar keine Ahnung, was in dem Loch sein könnte, aber er sagte doch: „Ich schieße heute nicht. Morgen gehe ich mit meinem Förster her, da wollen wir nachsehen."

„Es kommt raus!" rief plötzlich Veit, der der Prinzessin den Sonnenschirm nachtragen mußte.

„Ich falle in Ohnmacht!" kreischte die Prinzessin und rannte, so schnell sie konnte, dorthin, wo der Wagen hielt.

„Ich falle auch in Ohnmacht!" rief die Hofdame und rannte ihr nach.

„Wenn man in Ohnmacht fällt, kann man doch nicht mehr so rennen!" brummte der Herzog. Und als er sah, daß der Graf von Singerlingen ein wenig lächelte, ärgerte er sich. Obgleich er seine Base Gundolfine gar nicht leiden konnte, war sie doch eine Prinzessin, und er meinte, über eine Prinzessin dürfe man nicht lachen. Also ging er etwas steif auch zu seinem Wagen, der Graf von Singerlingen nahm Marlenchen an der Hand und folgte neben dem Herrn von Lindeneck. An Wolf, den Hund, dachten sie alle nicht.

Wolf blieb vor dem Fuchsbau stehen, er war so neugierig wie die Prinzessin. Schritte und Stimmen verhallten, und auf einmal kam eine große Nase aus dem Fuchsbau heraus. Schnapp! machte Wolf.

„Hach!" kreischte Kasperle und schnitt vor lauter Angst ein Gesicht wie die Prinzessin.

Wolf fuhr zurück und kläffte böse: „Wu, wu!"

„Hach!" Kasperle dachte: Hinaus muß ich, denn die Füchslein fletschten auch grimmig die Zähne, die hatten sich inzwischen an alle bösen Kasperlegesichter gewöhnt.

„Wu, wu!" heulte Wolf und wich wieder zurück.

Da nahm Kasperle allen Mut zusammen, kroch aus der Höhle heraus, schnitt dabei die wunderlichsten Gesichter, und – wutsch! war er draußen. Und nun ging die Jagd los. Nach rechts muß ich laufen, dachte Kasperle. Dem Hund war rechts und links ganz schnuppe. Der lief dahin, wohin Kasperle rannte. Und da kam eine große Landstraße; auf der rollte ein Wagen heran, und auf einmal wußte Kasperle, er hätte links laufen sollen. Aber er war so im Rennen, daß er vor lauter Angst mit zwei Purzelbäumen über die Landstraße sauste.

„Da rennt es, da rennt es!“ Die Prinzessin gab dem Herzog einen gar nicht prinzeßlichen Rippenstoß. Das machte den Herzog wütend, und weil seine Base rief: „Halten halten!“ rief er: „Weiterfahren!“ Und weil er der Herzog war und der Kutscher Sehnsucht hatte nach dem Schloß zu kommen, fuhr er weiter. Er fuhr sogar sehr schnell, und das war gut, denn auf einmal sagte die Hofdame, die ein bißchen sehr langsam war und jeden Gedanken erst nach einer halben Stunde aussprach, – manchmal vergingen auch zwei Stunden–: „Ich glaube, was dort rannte, war Kasperle.“

„Halt, halt!“ Der Herzog fiel fast aus dem Wagen vor Aufregung. Und dann schrie er die arme Gräfin an: „Warum haben Sie das nicht gleich gesagt?“

Die schwieg, es konnte keiner von ihr so flink eine Antwort verlangen.

Der Kutscher hielt. Was nun?

„Zurückfahren!“ sagte der Herzog. „Man muß suchen.“

„Unsinn –“. Die Prinzessin stockte und sank in den Wagen zurück. „Was mir in die Haare gefahren ist, war Kasperle. Und der Graf von Singerlingen weiß, wo er ist, darum wollte er nicht schießen. Wir müssen zu ihm fahren.“

„Morgen,“ brummte der Herzog, der müde war. „Heute wird es zu spät.“

„Morgen ist Kasperle weg,“ rief die Prinzessin.

„Hm, hm!“ Dem Herzog kam die Sache auch sonderbar vor. Und er nahm ein Blatt aus seinem Merkbüchlein und schrieb darauf, wenn Kasperle bei dem Grafen von Singerlingen sei, dann sollte der Graf ihn festhalten. Ja, der Herzog drohte sogar ein bißchen, obgleich er das sonst dem reichen Grafen gegenüber nie tat. Dann mußte Veit aussteigen. Im nächsten Dorf sollte er sich ein Pferd geben lassen und nach dem Schloß des Grafen reiten. „So wird es am allergescheitesten sein,“ sagte der Herzog sehr zufrieden mit sich selbst.

Es war aber halt am allerdümmsten, daß er zu dem Grafen schickte, denn Kasperle lief und lief unterdessen, und als Herr von Lindeneck mit

Marlenchen heimkam, da fanden sie ein müdes, beschmutztes Kasperle am Tor kauern. Von seinem Kittelchen war nur noch die Hälfte da, denn Wolf hatte das Kasperle einmal doch am Hosenbödlein erwischt. Damit war Wolf zufrieden gewesen, und er war mit dem grünen Fetzlein zu seinem Herrn zurückgelaufen.

Der ließ dem Herzog sagen, morgen werde er mit seinen Förstern und Jägern in das Loch schießen, Kasperle aber sei leider nicht bei ihm. Er behielt Veit da, und in aller Morgenfrühe ging er wirklich mit vier Begleitern in den Wald, und alle schossen in das Loch. Das schadete aber niemand etwas. Die Füchslein waren ausgerissen, und Kasperle saß neben seiner Freundin Marlenchen auf Lindeneck, und die nähte ihm einen neuen Kittel.

Mit dem Kasperlemann unterwegs

Herr von Lindeneck sagte an dem Vormittag: „Es wäre gut, wenn der Kasperlemann bald käme und dich nach Torburg brächte, du armes, kleines Kasperle! Sonst kommt der Herzog gar noch auf den Gedanken, daß du hier bist. Und nein sagen kann ich nicht, wenn er mich fragt; lügen, das geht nicht.“

Kasperle senkte betrübt seine lange Nase, und das Marlenchen sah gleich wieder so traurig aus wie früher. Doch da erhob der alte Diener Eicke Pimperling seine Stimme und sagte ernsthaft: „Aber Kasperle dem Herzog ausliefern geht auch nicht. Sie wollten doch eine Reise unternehmen, gnädiger Herr. Tun Sie es doch heute; wir ziehen dann die Brücke hoch und lassen niemand ein.“

Der Plan schien dem Herrn von Lindeneck gut. Ob er morgen oder heute reiste, war ja schließlich gleich. Er packte geschwinde seine Koffer und Eicke Pimperling mußte ihn bis zur nächsten Poststation fahren. Die alte Bärbe zog inzwischen die Brücke hoch, die noch aus uralter Zeit stammte, und nun konnte einer sehen, wie er nach Lindeneck hineinkam. So leicht ging das keineswegs.

Marlenchen und Kasperle tanzten vergnügt auf dem Schloßhof herum. Die alte Bärbe aber setzte sich ins Turmstübchen, machte dem Kasperle einen dunkelgrünseidenen Kittel und schaute von Zeit zu Zeit ins Land hinaus. Sie sah Burg Himmelhoch liegen und das Schloß des Grafen von Singerlingen. Ganz ferne nach der andern Seite zu lag ein großer Wald, und von da aus ging es nach Rosemaries Schloß. Das war der Weg, den Kasperle zurücklegen mußte. Durch das ganze Herzogtum hatte er zu reisen, um nach Torburg zu gelangen. Der alten Frau tat das lustige Kasperle leid, und sie drehte geschwinde einmal den Kopf nach links, um zu sehen, wie die beiden lustig im Schloßhof herumtanzten. Schade, schade, dachte sie, daß Kasperle nicht immer hierbleiben kann. Meinetwegen könnte er Hösle zerreißen und dumme Streichlein – alle guten Geister. . .! Jetzt hatte Frau Bärbe nach rechts geschaut, – da sah sie drei Wagen daherfahren: der Herzog war es mit seinem Gefolge. Und ganz flink rief sie in den Hof hinab: „Rasch, rasch ins Schloß! Der Herzog kommt."

So laut muß man etwas nicht rufen, wenn jemand just auf dem Brunnenbecken sitzt und Kasperle heißt. Da wäre der beinahe hineingefallen. Weil er sich aber noch rechtzeitig nach der andern Seite umdrehte, kollerte er über den Schloßhof, rollte und rollte in die Toreinfahrt hinein, und da lag er am Tor und hörte draußen das Wagenrollen. Er wagte nicht, sich zu rühren, denn wenn sich einer im Wagen aufrichtete, dann konnte er den Schloßhof überblicken; in den dunklen Torbogen aber konnte er nicht hineinsehen.

Marlenchen rief mit zitterndem Stimmlein: „Bleib liegen, bleib liegen!" Sie selbst kroch vor Schreck in das leere Brunnenbecken hinein.

Rissel-rassel, da waren die Wagen vor dem Tore draußen angelangt, und der Herzog rief: „Aufmachen, aufmachen!"

Die alte Bärbe machte das Torfensterlein auf und sagte brummig: „Kann ich nicht. Der Herr ist weggefahren und Eicke mit."

„Ist Kasperle im Schloß?"

„I wo, im Schloß ist der doch nicht!" rief Bärbe barsch. Aber dabei lachte sie heimlich. Nun habe sie dem Herzog doch die Wahrheit gesagt, meinte die alte Schelmin bei sich. Und dann schloß sie klapp! ihr Fensterlein und stellte sich ein bißchen taub, als draußen die Prinzessin Gundolfine zu rufen anfing.

Stumm und still lag das Schloß. Nichts rippelte und reppelte sich, und im Wagen sah niemand das schwarze Glitzeräuglein Kasperles, der durch ein Astloch sah. Ein wenig bange war es ihm doch trotz der heraufgezogenen Brücke, zumal die Prinzessin so sehr zeterte, es sei unerhört, den Herzog und sie nicht einzulassen. „Gib mal das Fernrohr, Veit!" rief sie. „Ich bin sicher, ich sehe das Kasperle."

Aber in die Torwölbung konnte sie nicht hineinsehen und in das tiefe Brunnenbecken auch nicht.

Just da kam von der andern Seite her ein Wagen gefahren. Der Graf von Singerlingen saß darin.

Knicks! Der alten Bärbe brach die Nähnadel entzwei vor Schreck. Den Grafen von Singerlingen, ihres Herrn besten Freund, durfte sie doch nicht draußen stehen lassen! Sie lief geschwinde das Turmtrepplein hinab und dachte: Nun muß ich erst Kasperle verstecken. Da sah sie den kleinen Schelm unten am Tore hocken. Ja, wohin mit ihm? Seitwärts vom Tor führte ein Pförtlein in den jetzt trockenen Burggraben, der voller Gebüsch und Gerümpel war. „Dort mußt du hinab," sagte Frau Bärbe und schloß das Pförtlein auf. „Nun verstecke dich in einem Winkel, damit dich niemand sieht."

Kasperle sah drein, als wäre ihm ein ganzes Schloß auf die Nase gefallen. Aber da ertönte draußen Wagenrollen, und ritsch, ratsch – fuhr die ganze Gesellschaft ab. Der Graf von Singerlingen hatte nämlich flink gesagt, er wolle dem Herzog einen Besuch machen. Darüber freute sich die Prinzessin Gundolfine so, daß sie das Kasperle vergaß. Dies hockte noch ein Weilchen im Torwinkel, und Marlenchen blieb im Brunnenbecken liegen, bis Frau Bärbe rief, nun sei aber kein Pferdebein mehr zu sehen.

Da kamen sie hervor, spielten weiter auf dem Hof und dachten alle beide: So könnte es immer zugehen.

Doch als es zu dämmern anfing, kam der Kasperlemann, und Frau Bärbe ließ ihn ins Schloß, nicht zu Kasperles Freude. Der erhob ein solches Gebrüll, daß der Kasperlemann sagte: „Ich glaube, das hört man auf Burg Himmelhoch."

Flink machte da Kasperle seinen Mund zu, aber dicke, dicke Tränen liefen über seine Backen. Er hatte eine heillose Angst vor der Reise mit dem Kasperlemann durch das ganze Herzogtum. Und als Marlenchen ängstlich fragte: „Kasperle, warum weinst du gar so sehr?" gab Kasperle traurig zur Antwort: „Ich trau' ihm nicht!"

„Meine Güte, er traut mir nicht!" schrie der Kasperlemann. „Dabei habe ich ihm doch aus Dankbarkeit, weil er einmal so für mich gebeten hat, gelobt, ihm immer zu helfen." Und plötzlich fing auch der Kasperlemann zu weinen an. Reue und Scham waren es, weil er früher das Kasperle so sehr verfolgt hatte.

„Sieh doch, Kasperle, der Kasperlemann meint es gut mit dir," sagte Frau Bärbe.

„Aber ich mein's nicht gut mit ihm," jammerte Kasperle. „Ich weiß schon, ein Dummheitle muß ich machen, und dann geht's schief aus."

„Ein Wagen," rief Frau Bärbe, „ein Wagen!"

Diesmal rutschte Kasperle ins Brunnenbecken. Aber er wurde bald wieder herausgezogen, denn Herr von Lindeneck war es selbst, der heimkehrte. Er hatte seine Reise nicht unternehmen können, weil die Post nicht fuhr.

„Warum fährt sie denn nicht?" fragte Kasperle.

„Weil eine Brücke kaputt ist. Nun müssen alle an Burg Himmelhoch vorbeireisen, auch die Waldhausleute. Also spute dich, Kasperle, damit du weg bist, ehe sie kommen, sonst wird's schlimm."

Da kroch denn Kasperle schluchzend in den Kasten des Kasperlemanns. Marlenchen weinte wie ein Gießbächlein, alle nahmen Abschied von Kasperle, und nun ging es wieder einmal hinaus in die weite Welt.

„Hü, hott!“ sagte der Kasperlemann. Sein Pferdchen zog an. Kasperle lag in einem Puppenkasten, wie einstmals in Rosemaries Puppenbett, etwas eng, aber ganz weich und gut, und der Kasperlemann ging neben seinem Pferdchen her. Er wollte an diesem Abend noch die Stadt erreichen, über der sich Burg Himmelhoch erhob, damit niemand auf den Gedanken kommen sollte, er wäre auf Lindeneck gewesen.

Rumpelpumpel ratterte das Wäglein die Landstraße entlang. Es schwankte ein wenig, denn es war schon ein uraltes Wäglein, und der Kasperlemann hätte himmelgern ein neues gehabt und ein neues Budchen dazu. Wie in einer Wiege schaukelte Kasperle hin und her. Und weil er müde und es dunkel um ihn her war, schlief er bald ein. Er schlief und schlief; rissel-rassel schnarchte er.

Der Kasperlemann hörte es, er hörte aber etwas anderes nicht und erschrak, als er plötzlich dicht neben sich Pferdegetrappel hörte. Kasperle zu wecken, war es zu spät.

„Hollahe, Kasperlemann!“ rief es hinter ihm. „Hast du ein Kasperle gesehen?“

„Freilich, freilich, in meinem Wagen liegen welche!“ gab der zur Antwort.

„Schafskopf!“ Ein Landjäger ritt neben den Wagen und erklärte: „Ich meine ein lebendiges in einem grasgrünen Kittel.“

„Ih, meine Kasperles sind auch lebendig!“ Vom Kittel sagte er nichts, er grinste nur. Kasperle trug doch das dunkelgrüne Röcklein, das Frau Bärbe in aller Eile für ihn genäht hatte.

Durch das Reden aber erwachte Kasperle in seinem Kasten. Die Dunkelheit, die fremden Stimmen machten ihm Angst, und just wollte er losbrüllen, da sagte plötzlich jemand: „Du hast aber einen schnurrigen Wagen, Kasperlemann! Der rasselte eben so, nun ist er ganz still.“

„Ja, er hat so seine Gewohnheiten," brummte der Kasperlemann, und dann fragte er ganz laut, damit es innen Kasperle hören konnte: „Was ist denn das mit dem Kasperle, das ihr sucht? Meint ihr das in dem Waldhaus?"

„Dort ist es ja eben nicht mehr!" rief der Wachtmeister, und dabei rasselte er grimmig mit dem Säbel. „Dies Blitzpotzwetterkasperle! Wenn ich das finde! Ausgerissen ist es, entwischt. Du kriegst eine hohe Belohnung, Kasperlemann, wenn du es findest."

„Ei, das könnte mir schon gefallen!" sagte der Kasperlemann. „Wenn ich das Kasperle finde, wo ihr es nicht findet, dann hole ich mir meine Belohnung."

„Topp!" rief der Wachtmeister. „Wir wollen dich auch beschützen. Wo soll's denn noch hingehen?"

„Na, in die Stadt," sagte der Kasperlemann. „Aber glaubt ihr, Kasperle läuft euch hier gerade in die Arme? Das wird er nicht. Wer suchen will, muß die Augen offen halten. Ich will jetzt recht langsam fahren und aufpassen."

Das Langsamfahren fanden die Landjäger richtig und gut. Sie dachten: Ach, wenn der Kasperlemann hier aufpaßt, brauchen wir es nicht zu tun! Dann nahmen sie Abschied und ermahnten den Kasperlemann, ja recht gut aufzupassen. Der versprach: „Wenn mir das Kasperle in den Weg läuft, dann fange ich es gewiß."

„Ist recht," schrien die Landjäger und ritten fort.

Als sie ein Stücklein entfernt waren, redete der Kasperlemann in den Wagen hinein: „Kasperle, jetzt kannst du weiterschlafen. Wenn wir in die Stadt hineinkommen, wecke ich dich. Aber schrei' nicht!"

Kasperle schlief aber nicht wieder ein. Er schaute jetzt ein wenig aus dem Wagen heraus und sah die Sterne am Himmel aufglänzen, erst noch blaß, dann wurden sie heller und heller. Und dabei mußte er an das Waldhaus denken, an die Heimat, die er verloren hatte, und plötzlich fing er bitterlich zu weinen an.

„Kasperle, weine nicht!“ sagte der Kasperlemann. „Ich will dir auch etwas erzählen.“ Und er begann dem Kasperle von der Insel im fernen Ozean zu erzählen, auf der nur Kasperles wohnen sollten, und wo die schönsten Blumen blühten.

Kasperle hörte still zu. Er wußte von der Insel; es war aber nur wie ein Traum, den er einmal geträumt hatte. Und auf einmal sagte er laut und patzig: „Ich mag nicht!“

„Was magst du nicht?“

„Auf die Insel, weil dann Marlenchen nicht mitgeht.“

Und kuller, kuller! liefen dem Kasperle schon wieder die Tränen über die Backen. Es war gut, daß dem Kasperlemann einfiel, Kuchen sei gut gegen Tränen. Er holte ein dickes Stück Kuchen aus seiner Vorratskiste, und damit ließ sich Kasperle auch trösten; ein paar Minuten später schwatzte und lachte er und trieb die tollsten Narrenpossen. Und weder Kasperlemann noch Kasperle sahen an dem Stadttor, dem sie sich nahten, Wächter stehen. Erst im letzten Augenblick erblickte sie Kasperle, und schwapp! verschwand er im Wagen.

Kasperle kaspert

„Nanu,“ fragte einer der Wächter, als der Kasperlemann erschrocken auf sein Rößlein einhieb, „mit wem hast du denn da gesprochen?“

„Na, mit meinem Kasperle!“ brummte der Mann. „Das muß ich doch; ich will doch morgen Vorstellung geben.“

„Ach so!“ Der Wächter rieb sich an der Nase. „Hm, ich muß jeden Wagen untersuchen,“ sagte er; „zeig' mal deine Kasperles her!“

Da zog der Kasperlemann flink ein hölzernes Kasperle hervor, fing mit ihm an zu reden wie vorher, und die Wächter begannen zu lachen. Einer nahm sein Gewehr, schob damit die Plane zurück und sah Kasperle liegen. „Da ist noch einer,“ rief er, „zeig' den mal her!“

„Morgen,“ rief der Kasperlemann erschrocken. „Der kann's kaspern noch nicht, der ist noch neu.“

„Na, dann meinetwegen!“

Weil der Kasperlemann flink Kasperle eine Decke überwarf und den hölzernen Kasper darüber, meinten die Wächter wirklich, es seien zwei hölzerne Kasperles, und sie ließen den Mann durch das Tor fahren.

Der Wagen rasselte und hopste tüchtig auf dem Pflaster. Die wenigen Leute, die noch auf der Straße waren, riefen: „Ein Kasperlemann, ein Kasperlemann!“

Kasperle aber lag stocksteif im Wagen. So hielt er seinen Einzug in die Residenzstadt seines Feindes, des Herzogs August Erasmus.

Straßen kamen und Gäßlein, und beinahe am andern Ende der Stadt hielt der Kasperlemann endlich still. Hier war ein kleines Gasthaus, in dem bescheidene Leute abstiegen. Viele Gäste gab es selten, und das war dem Kasperlemann gerade recht. „Hier wird dich niemand verraten,“ sagte er leise, als er seinen kleinen Schützling in ein Tuch gewickelt in sein Zimmer schleppte, „hier ist niemand, der dich kennt.“

„Ei, guten Tag, Kasperlemann! Wir haben uns aber lange nicht mehr gesehen!“ rief da eine schrille Stimme, und beinahe purzelte der Kasperlemann mit dem Kasperle vor Schreck die Treppe wieder hinab, denn da stand – die Base Mummeline aus Waldrast.

„Wart, ich helf dir,“ sagte sie und wollte Kasperle anfassen.

„Laß los!“ schrie der Kasperlemann. „Sonst machst du mir meine beste Puppe kaputt, und ich muß morgen kaspern.“

„Na, nur nicht gleich so grob!“ Die Base Mummeline schüttelte den Kopf. Als vor Jahren der Kasperlemann in Waldrast Kasperle gesucht hatte, da war er gar gut mit ihr gewesen. Warum war er jetzt nur so barsch? Ich muß mal horchen; das ist doch, als ob der Kasperlemann redet, dachte sie und hielt das Ohr an das Schlüsselloch.

„Sie horcht,“ flüsterte innen Kasperle ängstlich und kroch ganz tief ins Bett hinein. Sein Beschützer legte flink ein hölzernes Kasperle auf das Bett. Dann tuschelten sie beide zusammen, wie sie die neugierige Base verjagen könnten, und auf einmal schlich der Kasperlemann leise zur Türe und – au pardauz! – da flog die Türe der neugierigen Base an den Kopf.

„Jemine!“ rief der Kasperlemann. „Aber Base Mummeline, warum kommt Ihr nicht herein? Jetzt habe ich mein Kasperle aufs Bett gelegt; doch rührt es ja nicht an!“

Damit ist was los, dachte die Base, lief an das Bett, faßte das Kasperle an, und schwipp, schwapp! schlug ihr das hölzerne Bein um die Ohren.

„Es lebt, es lebt!“ schrie die Base.

„Freilich, es lebt!“

Der Kasperlemann lachte und beklopfte das hölzerne Kasperle. Stumm und steif lag es da. „Wißt Ihr, Base,“ sagte der Kasperlemann geheimnisvoll, „in dem Kasperle steckt ein Zauber. Der ist nach dem richtigen, lebendigen Kasperle im Waldhaus geschnitzt worden, und er haut allemal um sich, wenn er Leute sieht, die es böse mit dem –“

Klatsch! bekam die Base Mummeline eins an die Nase, und der Kasperlemann lachte. „. . . Kasperle meinen,“ schloß er.

„Hach!“ Da flog ein hölzernes Kasperlebein der Base Mummeline vor den Magen, und die rannte schreiend aus der Stube und erzählte es unten allen Leuten, oben habe der Kasperlemann ein verzaubertes Kasperle.

„Das ist fein!“ riefen die. „Dann gehen wir morgen alle zur Vorstellung.“

„Kasperle,“ flüsterte oben der Mann seinem kleinen Schützling zu, „morgen früh, ehe die Sonne aufgeht, müssen wir abreisen. Hier können wir nicht bleiben. Die Base Mummeline hat eine Freundin auf dem Schloß, und wenn sie der erzählt, was geschehen ist, wird die Prinzessin neugierig und –“

Bums! klopfte es an die Türe, und herein trat ein Landjäger. „Kasperlemann,“ sagte der streng, „du sollst so ein wunderfitziges Kasperle haben, das um sich haut. Ich will es sehen.“

„Da liegt es,“ sagte der Kasperlemann und deutete auf das hölzerne Kasperle auf dem Bett.

Der Landjäger neigte sich darüber; steif und hölzern blieb Kasperle liegen.

„Hm, es haut ja nicht!“

„Dann hat es dich gewiß gern, Landjäger.“

„Haha, ist fein!“ Der Landjäger grinste. „Aber die Base Mummeline hat es doch gehauen!“

„Ja, die kann es nicht leiden.“

„Hahaha!“ Der dicke Landjäger tippte das hölzerne Kasperle an, lachte laut, und dann ging er sehr zufrieden aus der Stube. Unten sagte er zur Base Mummeline: „Sie ist eben ein Kasperleschreck.“

Da lief die Base fuchswild auf das Schloß. Die Sache mit dem Kasperlemann kam ihr gar nicht geheuer vor, die mußte die Prinzessin erfahren.

Und in der Nacht, Kasperle und Kasperlemann lagen just im besten Schlafe, klopfte es bum, bum! an die Türe, und jemand rief draußen: „Morgen früh um zehne will die Prinzessin Gundolfine etwas vorgekaspert haben.“

Jemine, erschraken die beiden!

„Kasperle, es hilft nichts,“ sagte der Kasperlemann, „du mußt gleich ausreißen. Ich zeige dir den Weg, und morgen treffe ich dich wieder.“

Da mußte das arme Kasperle in der Nacht heimlich entweichen. An den Häusern schlich es entlang bis an eine große Brücke; unter der sollte es warten, bis morgen der Kasperlemann käme.

Dabei regnete es draußen; ein Gewitter ging nieder, und pitschpatschnaß saß das Kasperle unter dem Brückenbogen und weinte sich vor Kummer und Herzeleid leise in den Schlaf.

Florizel, der Spielmann

Es war schon gut, daß Kasperle unter dem Brückenbogen saß. Die Prinzessin ließ nämlich den Kasperlemann gar nicht sein Spiel beginnen, sondern befahl, alle seine Sachen zu durchsuchen. Beim ersten Holzkasperle rief sie: „Da ist er!“, beim zweiten wieder, und dann drehte sie dem Kasperlemann den Rücken zu und sagte, er könne gehen; einer, der nur Holzkasperles habe, der sei nicht ein Schnipfel wert.

Der Kasperlemann tat einen tiefen Seufzer und sagte: „Ja, wenn ich doch so ein lebendiges Kasperle hätte wie der Meister Friedolin im Waldhaus!“

„Das ist wieder ausgerissen,“ brummte die Prinzessin. „Und dabei hat sich mein Vetter mit der Prinzessin Maria verlobt, nur um das Kasperle zu bekommen.“

Da hielt der Kasperlemann seinen Mund, ja, er machte ihn ein bißchen auf und sah etwas dumm dabei aus. Das war er eigentlich gar nicht, sondern ein rechtes Gescheitle.

Die Prinzessin rief unwirsch: „Er mag gehen.“

Da zog der Kasperlemann mit seinen Siebensachen davon und bekam kein einziges Hellerlein für alle Mühe. Er zog aber auch gleich zur Stadt hinaus, um das Kasperle unterm Brückenbogen zu finden. Etwas Angst hatte er schon um den kleinen Schelm.

Kasperle hatte sich inzwischen bei Regen, Blitz und Donner in den Schlaf geweint und war in der Frühe von einem hellen Glitzern auf dem Wasser und eifrigem Geschnatter munter geworden. Das Glitzern kam von der Sonne, die auf das Flüßlein schien, das der Brückenbogen überspannte. Schnattern aber tat eine Schar Enten, die wohlgemut daherschwammen und einen Morgenausflug unternahmen. Wie sie so angeschnattert kamen, packte das Kasperle plötzlich der Übermut. Er schoß aus seinem Versteckwinkel hervor und schnitt den Enten ein bitterböses Räubergesicht. – „Quatschquatquatquatsch,“ schrien sie, stoben durcheinander, und auf einmal rief da eine Stimme: „Potz Wetter, wer ist denn da?“

Kasperle wäre vor Schreck bald den Enten nachgeschwommen. Er verkroch sich zitternd in seinen Winkel und lugte ängstlich nach der andern Seite. Da kauerte auch wie er im Winkel ein Mann. Der sah ihn an wie einer, der nicht recht weiß, ob er lachen oder schelten soll.

„He du!" rief endlich der Mann. „Wer bist du denn?"

„Sag's du zuerst," rief Kasperle hinüber. Er dachte: Wenn er sagt: ein Landjäger, dann sag' ich nicht, daß ich Kasperle bin.

„He, das ist bald gesagt! Ein Wanderbursch bin ich: Florizel, der Sänger."

„Ich auch!" schrie Kasperle. Vor Wanderburschen hatte er nämlich etwas Angst. Da waren nämlich mitunter welche am Waldhaus vorbeigekommen, und immer hatte die schöne Frau Liebetraut oder sonst jemand gewarnt: „Sei vorsichtig, Kasperle, die nehmen dich gar mit!"

„Na weißte," rief es drüben, „für einen Wanderburschen bist du schon etwas klein geraten! Wohin geht denn die Reise?"

„In die weite Welt," schrie Kasperle, der dachte: Ich soll doch nicht sagen, wohin ich reise.

„He, du, dahin reise ich auch! Wollen wir zusammen reisen?" rief der Bursch, dem der kleine Kerl Spaß machte.

„Nä," rief Kasperle und dachte: Wenn er aufsteht und mich fangen will, dann reiße ich aus.

„Warum denn nicht?"

„Ich mag nicht."

„Warum magste denn nicht?" Der Handwerksbursch stand auf und wollte zu Kasperle kommen. Da brüllte der: „Bleib in deinem Eckle!" Und gleich schnitt er erst ein Teufelsgesicht, dann eins wie die Prinzessin Gundolfine, wenn sie ganz, ganz schlechter Laune war.

Potz Wetter! Der Handwerksbursch setzte sich vor Schreck gleich wieder hin.

„Du bist ja wohl ein Kobold?"

„Ach!“ Kasperle tat einen Seufzer so tief wie der Brunnen auf Lindeneck. Und dann steckte es seine Nase in das junge grüne Gras und schluchzte bitterlich.

Dem Gesellen wurde das Herz weich. Er war ein rechter Sausewind und zog durch die Welt, als hätte er seine jungen, starken Glieder nicht zur Arbeit, sondern Arbeit wäre Träumen in Wald und Flur. Aber ein weiches Herz hatte er bei all seinem Leichtsinn, und des Kasperles Schmerz rührte ihn. Er rutschte sachte näher, und weil das Kasperle ja nicht wußte, wohin es ausreißen sollte, blieb es sitzen und ließ sich von dem Burschen streicheln. Der redete freundlich mit dem Kleinen, und weil Kasperle ohnehin nicht leicht etwas verschweigen konnte, erzählte er dem Fremden seine ganze Geschichte, wie er im Waldhaus gelebt hatte, und daß er nun durchs ganze Herzogtum ziehen müsse und hier auf den Kasperlemann warten solle.

„Ei, den kenn' ich wohl!“ sagte der Wanderbursche. „Aber weißt du, sehr gescheit ist's nicht von ihm, daß er dich hier unter der Brücke versteckt hat, denn sie wird oben bewacht. Jetzt spazieren zwei dicke Brückenwächter bald darüber hin.“

„Aber gestern war doch keiner da!“ stotterte Kasperle.

„I freilich, weil Blitz und Donner war! Das lieben die nicht.“

Kasperle tat seinen Mund gewaltig auf, er wollte losheulen, aber klatsch! schlug ihm der Bursche mit der Hand darauf. „Tu's net, das hören die. Wart, ich klettere hinauf und helfe dir.“

Kasperle sah halb ängstlich, halb zutraulich zu dem Fremden auf. Da strich ihm der sachte über das Gesicht. „Ich hab' auch meine Heimat verloren wie du, Kasperle; bin als armes Waisenbüble in die weite Welt gewandert. Na, und da wandere ich halt immer noch. Wir sind zwei arme Schelme, und einer hilft dem andern, und dem Herzog will ich auch gerade ein Streichlein spielen.“

Da wurde das Kasperle ganz vergnügt. Es schnitt fix ein paar Gesichter, und der fremde Gesell lachte. Und als er die Brücke erkletterte, sang er flink ein lustiges Lied, denn er sah den Brückenwärter, mit Spieß und Federhut ungemein stattlich angetan, daherkommen. Der Bursche sang:

„Fing in aller Frühe
ohne Last und Mühe
Einen Wandervogel ein.
Er kann net krähn und pfeifen,
Mit dem Schwanz net schweifen.
Sagt, wer mag der Vogel sein?“

Da wurde der Brückenwächter böse. Er dachte, der Bursche meinte ihn mit dem Wandervogel, und er rief grillig: „Hast wohl wieder unter der Brücke genächtigt, he?“

„Freilich, freilich! War gar schön und still unten.“

„Sitzt niemand unten?“ fragte der Wächter, der eigentlich selbst nachsehen sollte.

„Hab' Herrn Niemand net gesehen und auch Herrn Jemand net.“ Florizel sprang auf das Brückengeländer, nahm seine Geige und fiedelte dem stattlichen Wächter etwas vor. Er mochte nicht weiter gefragt werden. Und er sang ein Liedchen, das dem Kasperle unten Trost bringen sollte:

„Nur net verzagt!
Bald der Morgen tagt.
Zum guten End'
Sich alles wend't.
Mußt net greinen,
Mußt net weinen!
Zum Himmel schau – „

„Laß das dumme Gesinge!“ unterbrach der Brückenwächter Florizels Gesang. Ach, der dicke Wächter ahnte nicht, wie unten dem Kasperle der Gesang gefiel! Das Lied hatte ihn schon zweimal getröstet, und es gab ihm auch jetzt rechten Trost. Er trocknete seine Tränen und wollte darüber nachdenken, warum in aller Welt einem Herzog so viel an einem armen Kasperle lag. Aber wie es so ging, beim Nachdenken schlief er ein.

Oben auf der Brücke saßen inzwischen Florizel und der Wächter und unterhielten sich. Der Wächter sagte: „Florizel, bist ein arger Schelm; jetzt könntest du mal was Vernünftiges tun."

„Was denn, Herr Oberbrückenaufseher?"

Der schmunzelte. Der Titel gefiel ihm. „Also," sagte er und legte den Finger an die Nase, „das Kasperle könntest du suchen."

„Wo ist es denn?"

„Schafskopf! Wenn ich's wüßte, brauchten wir nicht zu suchen. Ausgerissen ist es."

„Warum denn?"

„Weil – nun, weil es nicht zum Herzog will. Es hat nämlich Angst vor der Prinzessin Gundolfine."

„Himmel, die hab' ich auch, eine bibberbabbergroße Angst!" schrie Florizel.

„Dumm!" brummte der Wächter, weiter konnte er nichts sagen.

Florizel sprang plötzlich auf und schrie: „Der Kasperlemann! Mein geliebter, süßer Kasperlemann!" Und eins, zwei rannte er dem Nahenden entgegen. Er fiel ihm um den Hals, flüsterte ihm geschwind zu, wo Kasperle sei, und dann zappelte und hampelte er vor dem Kasperlewagen hin und her, als wäre er unter die Kasperles gegangen.

„So ein Hampelmann!" brummte der Wächter. Und dann fragte er den Kasperlemann, woher er käme, wohin er wolle.

„Ich komme aus der Hölle und will in den Himmel," brummte der.

Er hielt an der Brücke still und fuhr fort: „Mein Rößlein must sich erst ausruhen, es hat heute die Prinzessin Gundolfine gesehen; das ist ihm schlecht bekommen."

„Du bist aber frech!“ Der Wächter tat böse und ging ein Stück die Brücke entlang.

Da nahm Florizel flink ein hölzernes Kasperle aus dem Wagen, warf es pardauz über das Geländer und schrie: „Schilt net, schilt net! Ich bringe es zurück.“

Er nahm rasch seinen Mantel, kletterte über das Brückengeländer, wickelte unten flink das lebendige Kasperle in den Mantel, warf das hölzerne in einen Winkel und stieg wieder empor.

Der Wächter war wieder näher gekommen. „Über das Geländer steigen ist verboten,“ rief er barsch.

„Jemine, jemine, er hat mir mein bestes Kasperle ins Wasser geworfen!“ jammerte der Kasperlemann.

„Sei still, hier ist's. Ins Wasser ist's freilich gefallen, und ich hab' flink meinen Mantel drumgetan,“ rief Florizel und warf das lebendige Kasperle in den Wagen.

„Ich bin böse, ich bin böse; ich bleibe nicht mehr hier,“ schrie der Kasperlemann und fuhr flink davon.

„Sei wieder gut, sei wieder gut!“ flehte Florizel und lief hinterdrein.

„Närrisches Gesindel das!“ brummte der Wächter. „Mögen sie laufen!“

Und dann stolzierte er eingebildet auf der Brücke auf und ab und sagte: „Hier kommt kein Kasperle hinüber, ganz bestimmt nicht.“

Inzwischen fuhr das Kasperle ganz gemütlich im Wagen landeinwärts, und der Kasperlemann sagte: „Florizel, das war schlau von dir. Ein neues Holzkasperle gibt mir Meister Friedolin schon, aber um das lebendige Kasperle wäre es schade gewesen.“

Erst führte der Weg eine Weile auf sonniger Straße dahin, dann kam Wald, und hier lugte Kasperle zum Wäglein heraus und schwätzte mit den beiden. Er war heilfroh, daß des Herzogs Schloß hinter ihm lag.

Ein paarmal sagte der Kasperlemann: „Kasperle, schlupf unter die Decke!“ Da kroch das Kasperle in den Wagen, und Florizel sang.

Leute kamen und gingen vorbei. Niemand fragte den Kasperlemann, ob er wohl ein lebendiges Kasperle im Wagen hätte.

So zogen die drei durch das Land. Einmal, am zweiten Tag, sagte Florizel: „Kasperle, guck, da liegt das Schloß der Gräfin Rosemarie!"

Kasperle schaute hinaus und sah das wohlbekannte Schloß daliegen. Ganz still war es ringsum. Auf dem Platz vor dem Schloß blühten Frühlingsblumen. Kasperle sah das Fenster, aus dem er geklettert war, und er seufzte tief auf.

„Kasperle, warum seufzest du so?"

„Er hat Sehnsucht."

Aber das arg schlimme Kasperle sagte plötzlich: „Ich möcht' noch mal geistern bei der Prinzessin Gundolfine."

„O jemine, Kasperle! Was bist du für ein Schelm!" rief sein Beschützer. „Doch hallo, flink in den Wagen! Dort kommt jemand, ein Wagen."

Aber es war nicht nur *ein* Wagen, vier waren es, und in dem ersten saß ein schönes, freundliches Mädchen.

„Heil, die Prinzessin Maria soll leben!" rief der Kasperlemann.

Florizel aber nahm seine Geige, spielte darauf und sang dazu:

„Mußt net greinen,
Mußt net weinen!
Auf Gott vertrau',
Zum Himmel schau!
Helle Lichter blinken,
Engelein tun winken.
Halt nur aus!
Schon nach Haus
Finden ich und du
Einst in guter Ruh'."

„Ist das ein Hochzeitslied, dummes Florizel!“ brummte der Kasperlemann.

Aber die Prinzessin Maria fing ganz bitterlich zu weinen an, so bitterlich, daß Kasperle im Wagen stöhnte: „Mein Bäuchle, o mein Bäuchle!“ Es war aber wieder sein kleines Kasperleherz, das ihm vor lauter Mitleid weh tat. Er dachte: Die arme, liebe Prinzessin soll nun den Herzog August Erasmus mit seiner schlechten Laune heiraten. Das ist aber schlimm, arg schlimm ist's! Er besann sich, ob er ihr denn nicht helfen könnte, aber es fiel ihm gar nichts ein, und so stöhnte er nur erbärmlich.

„Halt doch den Mund!“ brummte der Kasperlemann. Und Florizel fing wieder zu singen an:

„Weiß ein Schloß in blauer Fern',
sitzt ein Prinz, der hat dich gern,
Wunderholde Fraue.
Lasse schnell dein Rößlein lenken,
Mußt des Prinzen wohl gedenken,
Wunderholde Fraue!
Darfst vergessen seiner nit.
Rößlein, wende deinen Schritt,
Sag's ihm, holde Fraue!“

Da drehte sich plötzlich die Prinzessin Maria um, rief ihrem Oberhofmeister zu und sagte: „Herr Oberhofmeister, wir fahren einen falschen Weg, ich glaube, der Sänger kann uns geleiten.“

Weil nun viele Jahre Feindschaft zwischen dem Hofe des Herzogs August Erasmus und dem des Fürsten Johann Jakob Joseph Jeremias von Burgau geherrscht hatte, wußten die Leute der Prinzessin, die heute zum erstenmal nach Schloß Himmelhoch auf Besuch kommen sollte, nicht, ob es rechts oder links ging. Der Oberhofmeister fragte also Florizel: „Wandert Ihr nach dem Schloß, und wo liegt es?“

„Freilich wandere ich nach einem Schloß. Dort hinaus, immer der Nase nach geht es.“

„Das ist aber eine dumme Antwort,“ brummte der Oberhofmeister, dem seine Nase himmelan stieg.

Florizel aber nahm seine Geige und sagte: „Mit Verlaub, wenn ich Euch führen soll, dann setze ich mich auf den Wagen, gnädige Prinzessin.“

Die nickte ihm zu. Sie befahl auch noch, man solle dem Kasperlemann einen Platz geben und sein Wäglein anbinden; das magere Pferdchen könne dann frei daneben herlaufen.

Der Oberhofmeister schüttelte dazu erstaunt den Kopf, die Hofdamen schüttelten noch erstaunter die Köpfe, die Prinzessin Maria klatschte in die Hände und rief: „Nun, Florizel, sing noch ein Lied!“ Da sang der:

„Im Sonnenschein
Ein Schlößlein fein
Ich seh' es blinken.
Ein Prinz tut winken;
Hallo, hallo!
Es kommt gefahren
Mit goldenen Haaren
Die schöne Braut;
Wird ihm getraut.
Hallo, hallo!“

„Dort geht's nach Torburg,“ brummte der Kasperlemann. Doch niemand hörte auf ihn.

Kasperle aber lag im Wagen und lauschte auf Florizels Spiel. Dem hatte sicher Meister Severin eine Seele für seine Geige gegeben.

Das Spiel machte froh und traurig, und es lockte sehnsüchtig. Es klang wie Regen und Sonnenschein, und das Kasperle hielt es gar nicht mehr aus in seinem dunklen Versteck. Er streckte einmal seine Nase heraus. Ach, die Gegend hatte er schon einmal vor dreizehn Jahren durchfahren!

Gerade begann Florizel ein neues Lied, und ein Diener, der in dem Wagen saß, an den der Kasperlewagen angebunden war, sagte just zu einer Kammerzofe: „Ich dachte, Schloß Himmelhoch sei viel, viel näher. Wir haben einen großen Umweg gemacht. Warum nur die Prinzessin gerade diesen Weg fahren wollte?“

Da mußte Kasperle herzhaft lachen. Er wußte plötzlich, obgleich er nur ein kleines, dummes Kasperle war, daß die Prinzessin Maria von dem Spielmann entführt werde. Sie fährt auch nach Torburg und heiratet dort den Fürsten, dachte Kasperle. Und der Herzog August Erasmus kann die Prinzessin Gundolfine heiraten.

Darüber mußte er wieder herzhaft lachen.

Ein Diener drehte sich um und sagte erstaunt: „Kasperlemann, in Eurem Wagen lacht es ja!“

„Freilich, freilich,“ sagte der Kasperlemann. „Ich habe ein ganz besonderes Kasperle drin, das lacht, wenn es recht geschüttelt wird.“

„Das ist spaßig!“ rief die Zofe. „Aber es dunkelt schon, und ich sehe noch immer nichts von Schloß Himmelhoch.“

„Wir sind falsch gefahren, Prinzessin,“ rief der Oberhofmeister. „Wir müssen umkehren.“

„Nein, nein,“ sagte die Prinzessin Maria. Sie hatte den Fürsten von Wolkenburg von Herzen lieb, obgleich er eigentlich ein armer Fürst war. Und sie war froh, daß sie Florizel, des Fürsten heimlichen Boten getroffen hatte. „Sing doch, sing, Florizel!“ bat sie. Da sang der:

„Vöglein, die sangen
Den langen Tag.
Nacht kam gegangen,
Nun schweigt es am Hag.“

„Wir fahren falsch,“ rief der Oberhofmeister.

„Tüh tüh tüh tüh!
Hört ihr sie?
Nachtigall fängt an.

Eine nur so singen kann,
Tirillillilli!
Morgen früh, morgen früh
Sind wir in dem rechten Schloß."

Und so fuhr die Prinzessin Maria von Burgau in die Nacht hinein.

Der Herzog August Erasmus aber saß auf Schloß Himmelhoch und wartete auf die Prinzessin.

Die Prinzessin Gundolfine wartete auch. Die hatte ihr schönstes Kleid angezogen und ihr bösestes Gesicht aufgesetzt. Sie dachte: Warum braucht die dumme Prinzessin zu kommen und den Herzog zu heiraten? Den will ich doch heiraten.

Dem Herzog war die Prinzessin Maria von Burgau eigentlich ganz gleichgültig. Er hätte lieber das Kasperle gehabt. Und als der Tag vergangen war und niemand weder einen Prinzessinnenkopf noch ein Kasperlebein erblickt hatte, ging er wütend in sein Bett und trank vor lauter Ärger sechs Tassen Kamillentee.

Die Prinzessin Gundolfine aber stieg sehr vergnügt in ihr Bett. Sie war froh, daß die Prinzessin noch nicht gekommen war. Sie sagte zu ihrer Kammerzofe: „Und Kasperle kann uns auch nicht entwischen. Ich habe an den Fürsten von Wolkenstein geschrieben, und er hat mir versprochen, er stelle eine Wache auf. Und die Wagen der Waldhausleute werden von oben bis unten untersucht."

Die Reise nach Torburg

Das Schloß des Fürsten von Wolkenstein lag zwei Stunden von Torburg entfernt, dicht an der Grenze, an einem kleinen See. Darinnen spiegelten sich seine Türme, und auf dem See schwammen still und ruhig die weißen Schwäne. Und wie immer schaute auch heute der Fürst sehnsüchtig aus seinem Schloß über das Land. Er dachte daran, daß vor acht Tagen Florizel, der Spielmann, hier gesungen hatte von der Prinzessin Maria, die so bitterlich weine, weil sie den Herzog August Erasmus heiraten sollte. Der war reich, und er war arm, darum hatte der Fürst Johann Jakob Joseph Jeremias auch lieber den Herzog zum Schwager erwählt. Der arme Fürst von Wolkenstein hatte zu dem Spielmann gesagt: „Florizel, singe mir die Prinzessin her!“

„Ei, das will ich schon tun!“ Florizel war zu allen fröhlichen Taten gern bereit. Dem alten Herzog August Erasmus die Braut wegzusingen, erschien ihm lustig genug. Der Fürst wußte nichts von der Seele in Florizels Geige, und als der sagte: „Was bekomme ich zum Lohn?“ antwortete er: „Den mußt du dir erbitten.“

Da war Florizel nach Schloß Himmelhoch gezogen, hatte dort auf die Prinzessin gewartet, war ihr mit dem Kasperlemann entgegengefahren, und nun auf einmal sah der Fürst in weiter Ferne Wagen daherrollen. War es wirklich die Prinzessin?

Er lief rasch hinab, ließ sich sein Pferd satteln und ritt an die Grenze. Dort fand er die Wächter. Er fragte: „Warum sitzt ihr denn hier?“

„Wir warten auf das Kasperle, das der Herzog August Erasmus gern haben will,“ sagten die.

Ach so, das Kasperle! Der Fürst hatte versprochen, aufpassen zu lassen, um es an der Grenze festzunehmen. Die Prinzessin Gundolfine hatte ihn darum gebeten, und er hatte ihr sein Wort gegeben.

Rumpel-rassel, immer näher kamen die Wagen, und die Prinzessin Maria winkte mit einem weißen Seidentüchlein.

Das war eine Freude!

Die Wächter merkten bald, da im Wagen saß eine, die brauchten sie nicht zu fangen. Sie tuteten in ihre Hörner und riefen, so laut sie konnten: „Hurra!“

Der Fürst aber ritt neben dem Wagen der Prinzessin her, und er fragte Florizel: „Was wünschst du dir?“

„Das kommt noch,“ antwortete der und spielte lustig auf seiner Geige.

Die Grenzwächter vergaßen das Kasperle ganz und gar; sie marschierten immer hinter dem Wagen her, und sie waren schon ein gutes Stück von der Grenze entfernt, da schwankte und wankte der Kasperlewagen, denn drinnen hatte sich Kasperle gewichtig von einer Seite zur andern gedreht. Bums, bums! „Er fällt um!" rief der Kasperlemann.

Und da kippte der Wagen auch schon, gerade so viel, um Kasperle hinauszurollen. „Kasperle, Kasperle!" Die Wächter riefen es, der Kasperlemann rief es, und der Fürst und die Prinzessin, der ganze Hofstaat sahen sich erstaunt um.

Da saß Kasperle am Boden und wußte nicht, ob er lachen oder weinen sollte.

Auf einmal aber entschied er sich für das Heulen, denn ein Wächter ergriff ihn und rief: „Der gehört mir!"

Klapp! gab ihm der Kasperlemann einen Rippenstoß. Der schrie: „Kasperle gehört mir!"

„Mit Verlaub," sagte der Wächter zum Fürsten, „das ist das Unding, das nicht über die Grenze laufen sollte."

„Mit Verlaub," rief Florizel spöttisch, „das ist kein Unding, sondern ein putznettes, liebes Kasperle. Und nun kommt meine Bitte."

„Halt!" gebot der Fürst. „Ich habe versprochen, mit meinem Wissen und Willen Kasperle nicht über die Grenze laufen zu lassen. Deine Bitte kann ich dir leider nicht erfüllen. Versprochen ist versprochen!"

„Hach, hach!" schrie Kasperle, „ich bin ja schon drüber."

Da schauten sich alle verdutzt an. Kasperle hatte recht, er war schon diesseits der Grenze.

„Das – da – das ist mir zu schwer! Ich gehe wieder an die Grenze, und Kasperle muß drüberlaufen, und – und – und dann fange ich ihn," rief einer der Wächter.

„Nä," schrie Kasperle, „ich lauf' nicht zurück, und dann – ich bin doch über die Grenze gefahren!"

„Potzhundert ist der klug!“ Selbst der Oberhofmeister staunte. Der Fürst aber fing zu lachen an. „Da kann ich der Prinzessin Gundolfine nicht helfen,“ rief er. „Kasperle ist unbemerkt über die Grenze gefahren; das ist nicht gelaufen. Gesehen hat ihn auch niemand, also mag er bleiben, wo er ist.“

Eigentlich hatte Kasperle gedacht, als er so gemächlich dahingefahren war, die Prinzessin Maria würde ihn zu ihrer Hochzeit einladen. Und der Kasperlemann hatte ähnliches geglaubt. Aber der Fürst dachte nicht daran; er fand, es wäre besser, Kasperle käme ihm aus den Augen, denn dann konnte die Prinzessin Gundolfine doch nicht sagen, er hätte Kasperle selbst genommen. Auch hatte er sich noch nie um die Kasperles gekümmert, er las lieber in dicken gelehrten Büchern. Er sagte also, der Kasperlemann solle ruhig nach Torburg ziehen, und weil der darob ein trauriges Gesicht machte, rief die Prinzessin: „Wenn ich einmal hinkomme, dann muß mir Kasperle was vorkaspern.“

„Ja, so soll's sein!“ Der Fürst nickte, die Hofleute nickten, Kutscher und Diener nickten, und Kasperle nickte auch. Florizel rief: „Auf Wiedersehen, Kasperle!“

Und dann zogen alle von dannen, auch die Wächter gingen an die Grenze zurück. Die riefen: „Aber wieder zurücklaufen, das gibt es nicht.“

„Nä,“ rief Kasperle vergnügt und schoß gleich ein paarmal Purzelbaum.

Auf einmal aber fiel ihm doch etwas ein. Er setzte sich auf einen Meilenstein und fragte nachdenklich: „Kasperlemann, was fehlt dir?“

„Kasperle, haste Hunger?“

„Hach, schrecklich!“ schrie Kasperle.

„Na, dann warte man, bis dir Florizel Hochzeitskuchen mitbringt. Ich kann dir nichts geben.“ Und plötzlich fing der Kasperlemann so schwer zu seufzen an, daß es dem Kasperle wind und weh ums kleine Herz wurde.

„Warum hast du denn nichts zu essen?“ fragte er.

„Weil ich kein Geld habe. Für den Florizel habe ich mein letztes Geld ausgegeben," sagte der Kasperlemann. „Der hat wohl gedacht, ich sei ein reicher Mann, denn sonst hätte er doch nur für mich bitten brauchen. Ach jemine, ich armer Mann! Was soll ich nun anfangen?"

„Kaspern," schrie Kasperle.

„Aber mein Kasperle liegt doch unter der Brücke bei Schloß Himmelhoch!" brummte der Kasperlemann.

„Aber du hast doch mich!" Kasperle reckte sich dabei ordentlich auf.

„Alle guten Geister!" rief der Kasperlemann. „Wenn du kaspern willst, dann freilich, dann fangen wir gleich auf dem Wege an. Dort liegt ein Dorf, dort spielen wir."

„Ja, flink, flink, sonst sterbe ich vor Hunger!" schrie Kasperle. Und damit es schneller ging, rannte er dem Wäglein voran und schrie immerzu: „Ich bin Kasperle, ich will was zu essen!"

So kamen die beiden in das Dorf hinein, und zuallererst lief ihnen ein Ochse entgegen. Na, mit einem Ochsen machte Kasperle nicht viel Federlesens. Eins, zwei, drei purzelbaumte er über ihn hinweg in die Küche der Frau Ortsschulzin hinein, die just dabei war, Brotteig zu kneten.

Hops! da saß Kasperle auf der Mulde und schrie: „Jetzt gibt's 'ne Vorstellung!"

Aber die Schulzenfrau verstand keinen Spaß. Die drehte flugs das Kasperle um, schlug ihm aufs Hosenbödlein und rief: „Ja, jetzt gibt's 'ne Vorstellung. Da, da, da!" Und klitsch, klatsch ging es.

Das war böse. Kasperle schrie so mörderlich, als ob er an einem Spieße stecke. Er schrie das ganze Dorf zusammen und schrie auch den Kasperlemann herbei. Der entriß sein Kasperle den Händen der Schulzenfrau und rief: „Mein goldenes Zuckerkasperle darf niemand hauen. Potz Wetter, und jetzt gibt's eine Vorstellung."

„Na, meinetwegen," brummte die Schulzenfrau. „Ich danke dafür."

Aber die andern Dorfbewohner sagten das nicht. Im Gegenteil, die kamen alle gelaufen, und alle staunten sie das Kasperle an, was der für wunderbare Gesichter schnitt. Und was er alles erzählen konnte! Ein ganzes Buch voll: von der Prinzessin Gundolfine und ihrer großen Haubenschachtel, und wie er gegeistert hatte auf Burg Himmelhoch.

Auf einmal setzte er sich hin, schnitt ein feierliches Gesicht und rief: „Jetzt bin ich der Herzog August Erasmus. Nun hört mal alle zu! Habt ihr Brot?“

„Ja,“ schrien Große und Kleine.

„Habt ihr Butter, Käse und Wurst?“

„Ja,“ klang's wieder.

„Habt ihr Hellerleins?“

„Ei freilich!“ riefen die Dorfleute.

„Na, dann bringt mal alles her, ich habe nämlich Hunger,“ rief Kasperle und schnitt ein so tiefbetrübtes Gesicht, daß es den Dorfleuten ganz bange wurde, das Kasperle könnte auf der Stelle sterben.

Sie rannten also, so schnell sie konnten, und holten vielerlei Eßwaren herbei; selbst die dicke Schulzenfrau kam mit einem mageren Käslein. Und Kasperle nahm gnädig alles an. Der Kasperlemann wußte kaum, wohin mit all den guten Dingen. Aber als die Schulzenfrau kam mit ihrem Käslein, huch! da sah Kasperle auf einmal aus wie die Prinzessin Gundolfine, und schwipp! bekam die Schulzenfrau einen Nasenstüber, daß sie gleich ihrer Nachbarin in die Arme sank.

„Brrr, ist das ein Untier!“ schrie sie.

Die andern lachten, und ein vorwitziges Büblein rief: „Mach's noch mal!“

„Nä, nä! Er soll's bleiben lassen.“ Flink rannte die Schulzenfrau in ihr Haus und klagte dort ihrem Manne ihre Not.

Der Schulze hatte wohl den Lärm gehört, hatte sich aber nicht weiter darum gekümmert. Nun kam er heraus und wollte die ganze Kasperei verbieten. Weil er aber ein lustiger Mann war, fing er an mitzulachen. Er lachte und lachte, denn just in diesem Augenblick schnitt Kasperle die dümmsten Gesichter von der Welt. Zuletzt sagte er, es wäre doch gut, wenn der Kasperlemann im Dorf über Nacht bliebe.

Gleich riefen etliche Stimmen: „Bei uns, bei uns!"

Da dankte der Kasperlemann fein höflich und sagte, er müsse nach Torburg, denn das Kasperle sei ein ungeheuer berühmtes Kasperle. Es sei eine große Ehre für das Dorf, daß das Kasperle hier eine Vorstellung gegeben habe, trotzdem die Schulzenfrau es vorher durchgewichst habe. Und der Kasperlemann erzählte, daß der Herzog August Erasmus das Kasperle gern haben wollte. Er erzählte noch vielerlei, die Bauern sahen immer erstaunter drein, und zuletzt sagte der Schulze, er werde Kasperle ausklingeln lassen. Der Nachtwächter sollte in ein paar Nachbardörfer gehen und dort ausrufen, daß ein so wunderbares Kasperle hier zu sehen sei. Morgen sei Sonntag, da hätten die Leute Zeit und würden alle kommen, um sich Kasperles Vorstellung anzusehen. Dann könnte Kasperle doch eine Nacht dableiben.

Dem war es recht und dem Kasperlemann auch. Acht Tage sollten noch vergehen, ehe die Waldhausleute nach Torburg kamen, und in den acht Tagen beschlossen die beiden, in dem kleinen Land herumzuziehen und Vorstellungen zu geben.

In Bumbenbach, so hieß das Dorf, war am nächsten Tage ein gewaltiger Zulauf. Von überall her kamen die Leute, und der Kasperlemann sagte schließlich: „Jetzt nehme ich keine Butter, Eier, Käslein, Würste und dergleichen mehr, denn sonst geht mein Wagen auseinander; auch ißt sich Kasperle so pumpelsatt, daß er zuletzt nicht mehr kaspern kann. Gebt mir Gröschlein!" Von Pfennigen sagte er nichts, und da brachten ihm denn die Leute gute Groschen, ja, mancher reiche Bauer schenkte sogar einen Taler her.

Kasperle mußte im Schulzenhaus wohnen, und die Schulzenfrau war sogar sehr freundlich zu ihm. Am meisten lachten die Leute immer, wenn Kasperle die Prinzessin Gundolfine spielte. Die Schulzenfrau vergaß darüber alle Grilligkeit, so sehr lachte sie. Sie weinte auch bitterlich, als am dritten Tage das Kasperle Abschied nahm, und schenkte Kasperle noch ein goldenes Schaumünzlein. Der tat das freilich flink in den Sack zu dem andern Geld, und der Kasperlemann sagte: „Kasperle, ich glaube beinahe, ich verdiene mir mit der Zeit noch einen neuen Wagen und ein Pferdchen. Es ist ein Glück, daß du bei mir bist!"

Ein Wagen und ein Pferd! Kasperle sah das klapperdürre Pferdlein an und den Wagen, der immer Lust hatte, Räder zu verlieren. Da nahm er das goldene Schaumünzlein der Schulzenfrau, und als sie in einem reichen Dorf eine Vorstellung gaben und er schon eine gute Weile herumgekaspert hatte, sagte er auf einmal: „Kasperle will was kaufen."

„Jemine, was denn?"

„'n Pferd!" Kasperle legte den Kopf schief und machte ein Gesicht wie der Herzog August Erasmus, wenn er Bauchweh hat. Zu komisch war es!

Die Leute lachten. Ein dicker Bauer, der auf dem reichsten Hof im Dorf saß, fragte:"Wieviel willste denn bezahlen?"

„So viel!" Kasperle hielt dem Bauer das goldene Münzlein unter die Nase. „Es muß aber auch noch was dranhängen am Pferd!"

„Hehe, wohl 'n Schwanz?" Der Bauer lachte.

Da nahm Kasperle ein Bein in den Mund und sagte: „Du bist dumm! Du weißt nicht mal, daß an einem Pferd ein Wagen dranhängt! Oh!" Und schwipp, schwapp! sah er wie die Prinzessin Gundolfine aus, einmal wenn sie böse war, und einmal wenn sie Kompott schleckte. Und dann fing er an zu erzählen, wie er einst in des Herzogs Waldschloß herumgegeistert war.

Aber gerade mitten in der Geschichte legte er sich plötzlich lang hin und schrie: „Tot, tot!" und verdrehte dabei schrecklich seine Augen.

Lieber Himmel, bekamen die Leute einen Schreck! Der Kasperlemann fing gleich an laut zu heulen; der dicke Bauer tippte aber das stocksteife Kasperle an. Beim ersten Mal schrie das wieder: „Tot!", das zweite Mal schrie es noch lauter: „Tot!"

„Na nu, das habe ich in meinem Leben noch nicht gehört, daß einer immer selbst sagt, er sei tot!“ brummte der Bauer. „Kasperle, warum bist du denn tot?“

„Hach, weil ich mich so anstrengen muß!“

„Warum mußte dich denn so anstrengen?“

„Hach, weil ich 'n Pferd verdienen muß, an dem was hängt!“

„Kasperle, du bist ein Frechdächsel,“ rief der Bauer.

„Tot!“ schrie Kasperle.

Da lachten die Leute alle. Nun merkten sie erst, was das Kasperle für ein Schelm war, und daß das Totsein nicht so arg schlimm war. Weil es aber alles reiche, satte Bauern waren, und der Kasperlemann ihnen leid tat, tauschten sie zuletzt wirklich Wagen und Pferd um. Dafür mußte aber Kasperle noch etliche Tage bleiben und versprechen, wenigstens zu Weihnachten, Ostern, Pfingsten oder zum Vogelschießen zu Besuch zu kommen und ihnen allen etwas vorzukaspern.

Das versprach Kasperle auch, und es gab dann einen sehr herzlichen Abschied, als die Fahrt nach Torburg fortgesetzt werden mußte.

Kasperle saß auf dem neuen Wäglein wie ein Prinz, und satt war er; nicht rühren konnte er sich. Die Kinder liefen noch mit, bis der Wald kam. Da sagte der Kasperlemann: „Nun geht heim!“ Er selbst lenkte in den Wald hinein. Kasperle lag still auf dem Wagen, er sah über sich den blauen Himmel, hörte die Tannen leise rauschen, sah die Sonne glitzern, und plötzlich rief der Kasperlemann erschrocken: „Kasperle, du weinst ja!“

Wirklich, das lustige, unnütze Kasperle weinte bitterlich. Es weinte vor Sehnsucht nach dem lieben stillen Waldhaus. Und als es ein Weilchen geschluchzt hatte, schrie es plötzlich: „Ich will nicht in die Stadt!“

„Aber die Waldhausleute kommen ja hin! Und Meister Helmer lebt auch vielleicht noch!“

Ja, die Waldhausleute! Kasperle trocknete seine Tränen. Er wußte auf einmal nicht, hatte er vor Sehnsucht nach dem Waldhaus geweint oder nach den Waldhausleuten. Er schluchzte noch ein paarmal auf, da sagte der Kasperlemann: „Dort liegt Torburg."

Kasperle seufzte. Er bekam schreckliche Angst vor den grauen Mauern und dicken Türmen. In der Mitte ragten zwei hohe Türme empor, und der Kasperlemann sagte: „Daneben steht Meister Severins Haus."

Aber von den Turmspitzen weg schaute Kasperle an die Stadtmauer. Da blühte es bunt und frühlingsfroh, und auf einer Bank in der Sonne saß ein alter Mann. Heisa, da fiel das Kasperle beinahe aus dem Wagen, so hopste es. Sein Beschützer hielt, Kasperle rannte in den Garten hinein und rannte zu dem guten Meister Helmer hin, bei dem er auf seiner ersten Reise vor dreizehn Jahren friedsame Tage verlebt hatte.

„Kasperle, Kasperle, ja bist du es wirklich?"

Meister Helmer nahm den kleinen Schelm in die Arme, streichelte das unnütze Kasperle und erzählte dabei, gestern abend seien die Waldhausleute mit Sack und Pack angekommen. Kasperle solle aber heute noch bei ihm bleiben, morgen wolle es Meister Severin heimholen ins Stadthaus.

Da meinte der Kasperlemann, nun könnten die Waldhausleute doch wieder in ihr Waldhaus zurückkehren, denn nun wäre der Herzog August Erasmus doch gewiß böse mit dem Fürsten Johann Jakob Joseph Jeremias.

Aber da schüttelte Meister Helmer den Kopf. Das ging nicht mehr, denn das Waldhaus, das liebe, alte Waldhaus war abgebrannt. Des Herzogs Leute hatten gemeint, Kasperle sei doch darin versteckt, und da hatten sie es angezündet. Ritzeratze abgebrannt war es.

Aber machte da Kasperle ein bitterböses Gesicht! Das galt dem Herzog und seiner Base Gundolfine. Und dann weinte er, wie er im Walde geweint hatte. Doch er ließ sich von Meister Helmer trösten, und dann schlief er wieder wie schon einmal sanft und friedlich in dem kleinen Gärtnerhaus.

Die neue Heimat, neue Freunde und Feinde

Nun war Kasperle in Torburg, in der Stadt. Am Morgen holte ihn Frau Liebetraut aus dem Gärtnerhaus ab, und sie sagte, als sie das Tor durchschritten: „Kasperle, nun schneide aber keine Gesichter! Hier in der Stadt mußt du recht wie ein artiges Büble sein. In unserem Hause kannst du dann herumkaspern."

O jegerl, so etwas ist schwer für ein Kasperle!

Er ging aber ganz brav an der schönen Frau Liebetraut Hand durch das Tor. Da saß gleich rechts eine dicke Pfefferkuchen- und Apfelfrau, die rief freundlich: „Na, will der Bube nicht 'ne Zuckerstange?"

Kasperle grinste die Frau an, riß den Mund himmelweit auf, und die Frau starrte ganz verdutzt den fremden Jungen an. „Meine Güte," rief sie, „in den Mund hinein gehen ja alle meine Zuckerstangen, so groß ist der!"

Kasperle legte den Kopf schief und schielte die Frau schelmisch an. Die konnte nicht anders, sie mußte lachen, und sie nahm eine grasgrüne Zuckerstange und gab sie Kasperle. „Die paßt zu deinem sonderbaren Kittel," sagte sie.

Da hatte der kleine Schelm die erste Freundin in Torburg gefunden. Und weil er dachte, es geht so weiter, lachte er laut, als ein Mann in ziemlicher Eile daherrannte und beinahe über ihn fiel. Doch der nahm das übel, Potz Wetter, konnte der schelten!

Frau Liebetraut zog das Kasperle rasch mit sich fort. „Das ist der Bürgermeister," sagte sie erschrocken, „den darfst du doch nicht auslachen!"

Das Schelten klang den beiden noch ein Weilchen nach, und alle Leute drehten sich um, und da – ja, Kasperle drehte sich auch um, und er sah den Bürgermeister breit und gewichtig mit raschen Schritten hinter sich herkommen.

„O Kasperle!" sagte Frau Liebetraut. „Das darfst du nicht."

Kasperle hatte nun flink ein Gesicht wie die Prinzessin Gundolfine gemacht. War das denn so schlimm?

Himmel, nein, waren die Stadtleute komisch! Der Bürgermeister geriet so in Wut, daß er erst gar nichts und dann sehr viel sagte; er rief sogar nach dem Stadtwächter, aber da wutschte Frau Liebetraut just mit dem Kasperle in ein altmodisches Haus an der Kirche.

Nun hatte Kasperle auf seinem ersten Gang durch Torburg zur Freundin auch einen Feind gewonnen. Er vergaß aber alle beide, als ihm im Haus Meister Friedolin, Mutter Annettchen, Herr Severin und die beiden Kinder Leni und Lotti entgegenliefen. Alle aus dem Waldhaus waren da, sogar Line, die Magd, war mitgekommen und die lieben alten Sachen waren auch da. Aber die Tannen rauschten nicht vor der Tür, und statt Vogelgesang erdröhnte ein schwerer Schlag von draußen; die Turmuhr war es. Von diesem ernsten, gewaltigen Ton erschrak das kleine Kasperle sehr, und er seufzte tief: „Im Waldhaus gefiel's mir besser!"

„Mir auch, weiß der Himmel!" Meister Friedolin seufzte. Mutter Annettchen aber tröstete: „Wir haben doch einen Garten."

Heissa, einen Garten! Kasperle dachte gleich an den Park, der Burg Himmelhoch groß und weit umgab, an das Bächlein darinnen, das Wäldchen und an die weiten Wiesenflächen, und er lief so rasch Meister Severin nach, wie er sonst Pudding aß. Der tat das Türle zum Garten auf, Kasperle rannte hinein, rannte hindurch, stieß mit der Nase an eine Mauer und schrie: „Wo ist der Garten?"

„Na, da wo du bist! Du bist ja schon durchgelaufen!"

Jemine, war das ein Garten! Ein Baum stand drin und drei Büsche; in einer Ecke war eine kleine Laube, in der Mitte ein Blumenbeet, um das ein Pfad lief, und das war alles.

„Das ist doch kein Garten!" schrie Kasperle entrüstet. „Das ist 'n Loch!"

„Sei froh, daß du den Garten hast!" meinte Meister Severin. "Viele Leute in der Stadt haben überhaupt keinen Garten, oft haben sie nur einen Blumentopf am Fenster stehen, mehr nicht."

Nur einen Blumentopf! Kasperle seufzte tief. Die Stadtleute taten ihm arg leid. Er sah sich darum das Gärtchen noch einmal an und dachte: Vielleicht gefällt es mir doch; vielleicht kann ich auch 'n Purzelbaum schießen. Er rannte also erst dreimal um das Beet herum, rannte in das Haus hinein, und schwätzte dort mal eine Weile; er erzählte, was er alles erlebt hatte, und dann rannte er wieder zurück in den Garten. Dort wollte er erst einmal das Purzelbaumen versuchen. Es konnte das niemand so gut wie Kasperle. Er sagte also eins, zwei drei – und dann schoß er los.

„Zum Teufel! Was ist das?“ schrie da jemand.

Kasperle sah sich ganz entsetzt um. Im Eifer war er gleich über die Mauer gepurzelbaumt und saß mitten auf einem Tisch in einem großen Tintensee: An dem Tisch saß ein alter Herr, der hielt die Feder steil in die Höhe und starrte das Kasperle höchst verwundert an.

Der alte Herr war ein sehr großer Gelehrter, der gerade in einem uralten Buch allerlei alten Zauberspuk gelesen hatte. Nun dachte er, das Kasperle sei so ein Zauberding, ein Alräunchen oder so etwas. Er fragte zitternd: „Habe ich dich gerufen?“

„Nä!“ Kasperle machte einen Hopser, da war er vom Tisch herab, und weil ihm die ganze Sache höchst ungemütlich war, wollte er just über die Mauer zurück. Doch da erwischte ihn der alte Herr, der endlich etwas zu sich gekommen war, beim Jackenzipfel und fragte streng: „Wer bist du?“

„Kasperle!“

„Unsinn! Du bist ein ganz frecher Bube. Kasperles gibt's nur auf Jahrmärkten. Gleich sagst du, wo du herkommst!“

„Von da drüben.“ Kasperle deutete mit der Hand nach der Mauer hin.

„Bist du übergeklettert?“

„Nä, ich wollte nur mal 'n Purzelbaum schießen, und weil der Garten zu klein ist, flog ich gleich über die Mauer.“

„Aber du lügst ja!“ rief der alte Herr entrüstet. „So was, das kann man nicht.“

„Doch, man kann's!“ Und weil der alte Herr Kasperle ein bißchen freiließ, purzelbaumte der schwipp, schwapp! über die Mauer zurück. Weg war er! Sonderbar, höchst sonderbar! Der alte Herr schüttelte eine Weile den Kopf, und gerade wie er zu einem Entschluß gekommen war, sagte drüben Frau Liebetraut: „Aber Kasperle, dein Hosenbödle ist ja ganz voll Tinte!“

Da erzählte Kasperle bedrückt das sonderbare Erlebnis, und Mutter Annettchen sagte gerade: „Na, das kann ja gut werden!“ als bimelimbim, bimelimbim! die Hausglocke ertönte.

Kasperle rannte neugierig zur Haustür, nachzuschauen, wer es sein könnte. Die Türe tat sich auf, und zweifach ertönte der Ruf: „Da ist er!“

Der Herr Professor Schnappel stand auf der Schwelle; er starrte das Kasperle an, und das Kasperle starrte ihn ziemlich ängstlich an.

Endlich nahm der gelehrte Herr seinen langen Stock, zeigte damit auf Kasperle und fragte: „Wer ist das?“

„Ein Kasperle,“ sagte Frau Liebetraut rasch.

„Unsinn! Kasperles gibt es nur auf Jahrmärkten, und da sind sie von Holz und –“

„Ich bin nicht von Holz,“ schrie Kasperle entrüstet. „Und ich bin auch nicht vom Jahrmarkt; ich bin das einzige lebendige Kasperle.“

Da kam Meister Severin, der den Lärm gehört hatte. Er verneigte sich gar höflich vor dem alten Herrn, dessen Namen er wohl kannte, und dann erzählte er Kasperles Geschichte.

Darob erstaunte der Herr Professor Schnappel so, daß er sich seine Brille auf die alleräußerste Nasenspitze setzte, um das Kasperle ganz genau zu sehen.

Kasperle fand das Angestauntwerden etwas unbequem. Er schielte den Professor von der Seite an und fragte ein bissel sehr unnütz: „Ja, da staunste wohl?“

„Hm ja, höchst merkwürdig! Ich muß es studieren.“ Der gelehrte Herr sah Kasperle unverwandt an und fragte: „Willst du mich jeden Tag besuchen? Ich will dich studieren.“

Dem Kasperle wurde himmelangst. Er dachte an den Herzog August Erasmus; vielleicht war der Professor auch so böse.

„Nä,“ schrie er plötzlich und brach in ein so lautes Jammergebrüll aus, daß es nun dem Professor himmelangst wurde. „Es stirbt, dies sonderbare Ding stirbt!“

Darüber mußte Kasperle nun wieder lachen. Und so entsetzlich er vorher geschrien hatte, so herzhaft lachte er nun. Hin und her wackelte das Kasperle vor Lachen, und da knurrte und knarrte es auf einmal, als ob jemand eine alte verrostete Türe auf und zu mache: der Professor Schnappel lachte. Und weil bei ihm das Lachen eingerostet war, klang es so seltsam.

Kasperle fand das ungemein spaßig. Er hielt sich mit beiden Händen sein Bäuchlein fest, lachte und lachte, und der Professor hielt sich seinen Kopf fest; er meinte nämlich, der könnte ihm vor Lachen herabfallen.

Herr Severin lachte auch, die schöne Frau Liebetraut lachte, und zuletzt tönte auf den Kirchplatz hinaus ein so herzliches, frohes Lachen aus dem Hause, daß draußen die Leute stehen blieben und sagten: „Der neue Musikmeister muß aber ein lustiger Mann sein!“

Professor Schnappel mußte sich schließlich zur Erholung auf die Treppe setzen, so sehr hatte er gelacht. Und flugs setzte sich Kasperle ganz zutraulich neben ihn.

„Besuchst du mich nun jeden Tag?“ fragte da der Professor.

„Hm!“ Kasperles Lachgesicht wurde flink ernsthaft. „Haste 'ne Base, die Gundolfine heißt?“

Der Professor schüttelte erstaunt den Kopf. „Ich wohne allein,“ sagte er, „ich habe nur ein Mädchen, das heißt Dörte und wird bald heiraten.“

„Ist sie böse?“ fragte Kasperle ängstlich.

„Bewahre! Sehr nett und freundlich."

„Bäckt se Kuchen?"

„Kuchen?" Der Professor sah höchst erstaunt drein. „Du ißt wohl gern Kuchen?"

„Ja, und Puddings."

„Seltsam, höchst seltsam! Ich muß dich studieren." Der Professor sah Kasperle wieder sehr erstaunt an, und dem schien das Studieren nicht sehr behaglich zu sein. Er fragte zögernd: „Wie machst du denn das?"

„Hm – ich sehe dich immer an!"

„Du sperrst mich nicht in einen Turm oder in ein finsteres Kellerloch?"

„Bewahre!" rief der Professor erschrocken. „So etwas werde ich doch nicht tun!"

Da war Kasperle zufrieden. Er gab seinem neuen Freund die Hand und versprach, ihn sehr oft zu besuchen. Der Professor bemerkte noch, es sei eine Tür in der Gartenmauer, vielleicht habe Herr Severin einen Schlüssel dazu, da könnte Kasperle immer durch den Garten kommen.

Den Waldhausleuten war es recht. Wenn das Kasperle im Nebengarten, der groß und weit war, spielen konnte, würde es nicht auf die Straße laufen. Sie gingen alle miteinander in den Garten, und dort suchten der Professor und Herr Severin nach der Türe. Die war nicht leicht zu finden, da Efeu die Mauer dicht überzog.

Warum also warten, bis man ein Türlein fand, wenn man auf Kasperleart so flink hinüber kam? Eins, zwei, drei –

„Alle guten Geister – was ist das?" rief Professor Schnappel. „Was ist das? Wo ist Kasperle hin und was schreit so?"

Ja, was schrie da drüben nur so?

„Kasperle ist's," rief Meister Severin. Er stieg flink über die Mauer, denn drüben ertönte ein ganz klägliches Hilfegeschrei. Kasperle mußte etwas geschehen sein.

„Au, au, au!“ brüllte es.

Da kletterte auch der Professor über die Mauer – und was sah er drüben? Eine alte Frau hielt Kasperle fest und wichste ihn mit einem Stock durch.

„Loslassen!“ Ritsch, zerrten Meister Severin und der Professor Kasperle weg, und alle beide schalten: „Was fällt Ihnen denn ein! Warum hauen Sie Kasperle so?“

O weh, es war die Base Mummeline aus Waldrast! Nun erkannte sie Herr Severin, und der Professor erkannte sie auch. Der Schullehrer in Waldrast, der vor dreizehn Jahren das Kasperle gar liebevoll aufgenommen hatte, sandte dem Professor immer seltene Pflanzen, Käfer, Steine – was er fand. Und die Base Mummeline brachte sie.

Die war an dem Vormittag gekommen, hatte von der Magd erfahren, der Herr Professor sei im Garten, und gerade war sie hineingekommen, da sauste pardauz! das Kasperle über die Mauer.

„Den nehme ich mit,“ schrie die Base. „Unser Herzog will ihn haben und die Prinzessin Gundolfine –“

„Hach!“ Da lag Kasperle. Er streckte Arme und Beine aus und behauptete: „Ich bin tot.“

„I wo, dich will ich gleich lebendig machen!“ Die Base Mummeline schwang ihren Stock, und witsch! war das Kasperle auf und davon; drüben im kleinen Gärtlein war er und schrie laut: „Ich geh nicht mehr rüber. Das Studieren gefällt mir nicht; ich lasse mich nicht studieren.“

Das Ende vom Liede war böse: Der Professor warf die Base Mummeline zum Hause hinaus. Da ging die zu ihren Klatschfreunden und Tratschmuhmen, dem Kaufmann Schoflich und der Grünwarenhändlerin Hippauf, und erzählte denen, was für ein schreckliches Ding der neue Musikmeister in seinem Hause hätte. Und ganz gewiß würde der Herzog August Erasmus Krieg beginnen, – na, und dann könnten sie in Torburg was erleben!

Das gab ein Geschrei! Herr Schoflich und Frau Hippauf erzählten das flink weiter, und als Kasperle, nun schon wieder ganz vergnügt, zum erstenmal im Stadthaus seine Suppe aß, redeten sie draußen laut über das Kasperle. Der aber dachte nur an die gute Frau mit den Zuckerstengeln und an den Herrn Professor, der ihn zum nächsten Tage eingeladen hatte. Als Meister Severin etwas bedenklich sagte: „Ach, Kasperle, wie wird es dir in der Stadt ergehen!“ rief der Schelm: „Gut; mir gefällt's hier.“

Kasperle gewinnt noch mehr Freunde

Am nächsten Tag rief drüben der Professor Schnappel: „Kasperle komm!“ Doch Kasperle dachte an die Base Mummeline und schüttelte den Kopf. Wenn aber einer jenseits der Mauer steht, kann er das Kopfschütteln nicht sehen. Der Professor rief also noch dreimal, und da Kasperle immer nur kopfschüttelte, ging der gelehrte Herr selbst ins Nachbarhaus, um nach Kasperle zu sehen. Er dachte schon, der sei krank geworden von dem gestrigen Schreck. Aber Kasperle saß vergnügt auf dem Rasen, ließ sich von der Sonne bescheinen und war mehr denn je aufgelegt zu einem dummen Streichlein. Als er den Professor kommen sah, schnitt er gleich ein Gesicht wie die Base Mummeline und fragte: „Ist se noch da?“

„O du lieber Himmel!“ rief der Professor. „Jetzt dachte ich schon, die alte Kräuterfrau säße da. Bist du ein seltsames Ding! Komm mit, komm mit, ich muß dich studieren!“

„Gibt's dabei was zu essen?“ fragte Kasperle vorsichtig.

„Freilich, freilich! Dörte kann dir Küchlein backen oder sonst etwas holen, was du willst.“

Da war es Kasperle zufrieden, und ehe noch der Professor recht ausgesprochen hatte, purzelbaumte Kasperle schon über das Mäuerlein, diesmal ohne ein Unheil anzurichten. Es war niemand und nichts im Garten, auf das er fallen konnte, also fiel er etwas unsanft auf seine Nase. Es bedauerte ihn aber auch niemand darum, denn der Professor brauchte länger zu dem Weg als der kleine Schelm. Und als der gelehrte Herr kam, kauerte Kasperle gerade vor einem großen, runden Glase, in dem sich allerlei Schlänglein herumwanden.

Kasperle tippte mit dem Finger auf das Glas; das sollte eine Frage sein.

„Daran studiere ich," brummelte der Professor. „Nun komm hinüber, Kasperle; ich habe heute meinen Arbeitstisch auf der andern Seite stehen. Heute ist nämlich mein lateinischer Tag, und drüben ist Rom."

Da sperrte Kasperle den Mund himmelweit auf. Daß einer einen guten oder einen unguten Tag hatte, verstand er. Warum einer aber einen lateinischen Tag hatte, das ging nicht in seinen Kopf.

Der Professor dachte: Ich muß es ihm erklären, und er sprach bedächtlich davon, einen Tag bringe er immer in Rom zu, einen in Alexandrien, einen in Athen, einen gar in Paris. „Das war gestern, als du mir in die Tinte fielst. – Siehst du, da ist Rom, dort liegt Athen und –"

„Das ist fein!" schrie Kasperle und kugelte, rollte und purzelbaumte im Umsehen von Rom nach Athen. Weil es aber in Athen nichts zu essen gab, kam er geschwinde nach Rom zurück.

„Ein höchst merkwürdiges Ding! Ich muß es genau studieren."

„O jegerle!" kreischte die Magd Dörte, die gerade in Rom das Frühstück auftrug, und dann rannte sie geschwinde davon.

„Sie fürchtet sich noch vor dir," sagte der Professor. „Nun komm und iß!"

Fürchten tat sich die Magd Dörte gar nicht vor dem Kasperle. Das kannte sie gut von Protzendorf her. Dort hatte sie bei dem Bauer Strohkopf gedient, als das Kasperle mit seinem Freund Michele zur Gräfin Rosemarie reiste. Und als Kasperle dann von dem Grafen von Singerlingen heimlich nach dem Waldhaus zurückgebracht wurde, da hatte ihr der gute Graf viele Geldstücke geschenkt. Sie wußte wohl, Kasperle war es, der dem Grafen von ihr erzählt hatte. Seitdem hatte sie das Kasperle lieb und hätte ihm herzensgern einen rechten Gefallen getan. Nun aber war sie in großer Sorge um Kasperle.

Dörte saß am Küchenfenster und weinte, Kasperle schmauste, und der Professor studierte ihn. Der schrieb in ein dickes Buch: „Kasperle hat einen sehr großen Mund, in fünf, nein viereinhalb Minuten ißt er eine dicke Schnitte auf. Pudding – aber Kasperle!“ schrie der Herr Professor entsetzt auf, „wo ist der Pudding hin?“

„Aufgegessen,“ rief Kasperle so laut, just als könnte der Professor nichts mehr hören.

„Aufgegessen?“ Der Professor sah verdutzt den Teller an, Kasperle aber dachte: Das bißchen Pudding hat sich kaum gelohnt.

„Hm, ich wollte dich doch studieren!“ Der Professor nahm ein Döschen Schokolade und sagte: „Nun sollst du mir mal dies essen; ich werde aufzeichnen, wie du Schokolade ißt.“

„Also!“ Der gelehrte Herr nahm seinen Gänsekiel und begann zu schreiben. Kasperle nahm von der Schokolade und –

„Jemine, Kasperle! Wo ist denn nun wieder die Schokolade hin?“

„Aufgegessen.“ Kasperle dachte wieder: „Es hat sich kaum gelohnt,“ und der Professor sah noch verwunderter als vorher die kleine Schachtel an. „Hm, hm!“ brummelte er, und dann gebot er: „Kasperle, iß alles auf!“

Ach ja, was war da noch viel zu essen! Ein Stückchen Käse, eine Scheibe Wurst, zwei Schnittchen. Eins, zwei, drei, hatte Kasperle alles hinabgeschluckt. Der Professor aber schrieb befriedigt in sein Buch: „Kasperle gehört unstreitig zur Familie der Vielfraße. Er ist aber doch anscheinend nicht dumm.“

Während der gelehrte Herr noch über diesen Satz nachdachte, war Kasperle vom Stuhl gerutscht, war aus Rom hinausgelaufen und kam nach Athen und von da an das Küchenfenster. Im richtigen Athen mochte das in Wirklichkeit nicht so schnell gehen, aber Kasperle flitzte sehr eilig auf des Herrn Professors Landkarte herum.

Am Küchenfenster saß Dörte und weinte. Es war ein rechtschaffenes, handfestes Heulen. Das weckte ein Echo. Kasperle war immer bereit, mitzulachen und mitzuweinen, und weil Dörte nun eben weinte, brüllte er gleich jämmerlich los.

Dörte fiel beinahe vom Stuhl vor Schreck, und der Herr Professor kam sehr flink aus Rom angelaufen, kam auch an das Küchenfenster, und gerade da sagte Dörte: „Kasperle, aber Kasperle, warum schreist du so? Kennst du mich denn nicht mehr?“

„Was ist das für ein Geflenne?“ Der Professor war ärgerlich. Er nahm Kasperle und sagte: „Ich will dich doch studieren! Mit Dörte brauchst du nicht zu reden.“

Kasperle ließ sich auch wieder nach Rom führen. Er schaute sich nur noch einmal um, und da sah er Dörte allerlei Zeichen machen. Sie legte die Hand auf den Mund, deutete dann wieder in die Küche hinein und Kasperle dachte: Hach, ich soll was Gutes zu essen bekommen!

Da war er denn sehr vergnügt und saß ganz brav und still neben dem Professor. Der sagte: „Kasperle, erzähle mir etwas!“

Na, erzählen konnte Kasperle schon! Weil er aber die Geschichten gern in der Mitte anfing, sagte er: „Weil ich ihre Haube aufhatte, dachten sie, ich sei die Prinzessin. Brrr, nä, die möcht' ich nicht sein! Magst du sie sein?“

„Nein,“ rief der Professor etwas erstaunt. „Aber sage einmal, wer ist denn die Prinzessin?“

„Na, eben ein Teufele ist sie!“

„Aber Kasperle!“

„Veit hat's gesagt, sie sei 'n Drachen, sie sei greulich, sie sei schlimmer als 'ne Eule, sie sei –“

„Höchst seltsam!“ brummelte der Professor.

„Nä, eklig ist sie!“ schnatterte Kasperle. Und weil er einmal bei der Prinzessin war, kam er auch auf den Herzog August Erasmus. Und dabei schimpfte das Kasperle wirklich wie eine Elster, wenn ihr die Nachbarin das Essen vor der Nase wegschnappt.

„Aber Kasperle!“ Der Professor kopfschüttelte immer mehr und sagte plötzlich streng: „Aber das ist ja frech! Der Herzog August Erasmus ist ein sehr vornehmer Herr, und nächstens werde ich ihn besuchen.“

„Hach!“ Kasperle saß auf einmal unter dem Tisch. Er stöhnte schauerlich, und der Professor konnte locken, soviel er wollte, Kasperle kam nicht zum Vorschein. Dumpf fragte er von unten herauf: „Besucht er dich auch?“

„Bewahre,“ rief der Professor, „er ist doch ein Herzog!“

„Ich kann ihn doch nicht leiden,“ trotzte Kasperle auf.

„Komm jetzt hervor!“ gebot der Professor streng.

Da kroch Kasperle endlich unter dem Tisch hervor. Und weil er dachte, es wäre gut, den Professor etwas zu unterhalten, fragte er: „Wollen wir mal Purzelbaum schießen?“

Nein, das wollte der Herr Professor ganz und gar nicht. Er wollte, daß Kasperle ungeheuer artig am Tisch sitze, um ihm etwas von den alten Römern erzählen zu können.

„Wo wohnen sie denn?“ fragte Kasperle.

Und da der Professor vor Staunen über diese dumme Frage nicht gleich den Mund zubekam, rief Kasperle vergnügt: „Hach, ich weiß, du bist einer!“

Dies fand der Professor wieder ausnehmend gescheit von Kasperle, und just wollte er etwas antworten, als Dörte kam und den Herrn Bürgermeister meldete. Der komme in einer sehr wichtigen Angelegenheit.

„Geh nach Paris, Kasperle!“ rief der Professor. – „Führe den Herrn hier nach Rom!“ Der Professor sah auf einmal so steif und feierlich aus, daß Kasperle ordentlich Respekt vor ihm bekam. Er entwitschte darum eilig, aber er ging nicht nach dem Gartenwinkel Paris, sondern dachte an Dörtes merkwürdiges Winken und lief flugs in die Küche. Hops, pardauz! da war er drin, und Dörte ließ gleich einen Teller fallen.

„Kasperle, o Kasperle!“ schrie sie, und gleich kamen ihr wieder die Tränen.

Kasperle guckte Dörte an, und Kasperle guckte die Scherben an. Ganz kläglich murmelte er: „'s war doch 'n alter!“

„Ach, mein Kasperle, um den Teller weine ich doch nicht! Um dich weine ich, weil du nun in Spiritus kommst.“

„Nä,“ schrie Kasperle, „da will ich nicht rein!“

„Ach, du lieber Himmel, der Herr Professor setzt doch alles in Spiritus, was er studiert! Die Schlangen, die Frösche, sogar 'n jungen Fuchs hat er reingesetzt,“ rief Dörte.

„Ich will nicht in Spiritus,“ rief Kasperle, der gar nicht wußte, was Spiritus war. „Das – das ist mir zu langweilig.“

„Ach je, du dummes Kasperle! Wenn du im Spiritus sitzt, bist du doch tot!“

„Hach!“ Kasperle fiel lang hin und schrie: „Mein Bäuchle tut weh, mein Bäuchle! Ich will nicht tot sein, ich will nicht in Spiritus sitzen.“

„Is auch nicht scheene,“ sagte Dörte. „Aber, Kasperle, steh auf! Sag mal, kennst du mich denn nicht mehr?“

Erst schrie Kasperle: „Nä!“ aber dann besann er sich und fiel Dörte heftig um den Hals. Die streichelte ihn lind und sagte: „Du gutes, liebes Zuckerkasperle du! Du sollst nicht in Spiritus sitzen. Komm, ich gebe dir noch einen Kuchen, und dann läufst du flink zu deinen Leuten und kommst nicht wieder. Der Herr Professor ist jetzt ganz unten im Garten.“

Sie holte zu Kasperles Freude den Kuchen und wollte Kasperle hinauslassen. Doch den plagte die Neugier. Er bettelte: „Zeig' mir mal, wie sie alle in Spiritus sitzen!“

„Kasperle, das geht nicht gut aus,“ rief Dörte.

Aber Kasperle, der Luftikus, bettelte und flehte, und da führte ihn Dörte wirklich in des Professors Studierstube. Dort standen in hohen Gläsern auf einem Brett allerlei Tiere. Sie sahen ganz lebendig aus. Freilich, sie bewegten sich nicht, aber Kasperle tippte doch neugierig an die Gläser. Es kam ihm höchst seltsam vor, daß Dörte sagte, der Professor wollte ihn auch in ein solches Glas stecken.

„Brrr!“ Kasperle schüttelte sich, und da rief Dörte: „O Kasperle, sie kommen! Flink, flink, springe zum Fenster hinaus!“

Das Zimmer hatte Fenster nach dem Garten und nach dem Kirchplatz. Kasperle sah nach dem Garten hinaus und sah dort den Professor und den Bürgermeister daherkommen. O je, über den Flur zu laufen war es freilich zu spät! Aber zum Fenster hinaus ging es, das war für Kasperle nur ein Sprünglein. „Das zweite Haus rechts,“ rief Dörte noch, da waren die beiden Herren schon auf dem Flur, und Kasperle hopste. Er drehte sich dabei rundum, und als er draußen auf den Beinen stand, wußte er nicht mehr, was rechts und links war. Er lief eilig nach links, lief in die zweite Haustüre hinein und brüllte da aus Leibeskräften: „Er will mich in Spiritus setzen, er will mich in Spiritus setzen!“

„Bewahr' mich, was ist das für ein Getrompete!“ sagte eine gute, freundliche Stimme, und aus einer Türe heraus kam eine große, hübsche Frau. Die schaute das Kasperle höchst verwundert an, schüttelte immerzu den Kopf, daß die seidenen Bänder ihrer großen Haube hin und her flatterten. „Was bist du für ein Irrwisch?“ fragte sie.

„Ich bin Kasperle und – und – er will mich in Spiritus setzen.“

„Kasperle – ein Kasper bist du? – Aber warum sollst du denn in Spiritus gesetzt werden? Da sitzt es sich doch nicht gut drin!“ Die Dame lachte ein wenig, und da rief aus der Ferne eine feine, dünne Stimme: „Muhme Agathe, warum lachst du denn?“

„Komm mal mit!“ sagte die Frau und packte das Kasperle am Wämslein. Aber Kasperle hatte keine Mitgehlust. Wer weiß, in was ihn die fremde Frau setzen wollte! Er schrie und zappelte, aber da tönte wieder die zarte Stimme: „Muhme, wer schreit denn so?“

„Sei doch still, du kleiner Irrwisch! Ich tue dir ja nichts! Ich zeige dich nur dem Christli.“

Doch Kasperle zappelte und zappelte. Los kam er freilich nicht, aber auf einmal tat die Dame am Ende des Ganges eine Tür auf und setzte das Kasperle mitten in ein helles, sonniges Zimmer hinein.

„Ein Kasperle!“ Ein feines Stimmchen jauchzte es.

Kasperle hörte auf mit Schreien und schaute dahin, woher die Stimme kam. Da lag in einem großen vergoldeten Bett ein blasser Knabe, der mochte so alt sein wie einst Michele, als Kasperle ihn kennenlernte.

„Da, Christli, da hast du den Schreihals,“ sagte die Frau. „Was es für ein Ding ist, weiß ich wirklich nicht.“

„Ein Kasperle bin ich,“ schrie Kasperle erbost. „Aber ich will nicht in Spiritus sitzen.“

„Nein, nein, da setz' dich man nicht rein! Das ist unangenehm.“ Die Frau lachte, es klang herzlich und gut und steckte an.

Auf einmal grinste auch das Kasperle über das ganze Gesicht, und weil ihm der kleine Junge seine Hand entgegenstreckte, ging er ganz zutraulich auf den zu und gab ihm die Hand, Patsch! Es klatschte ordentlich, und der blasse Bube rief: „Er ist ganz lebendig, ein ganz lebendiges Kasperle!“

„Na ja, den haben sie zu einem Kasper abgerichtet,“ erklärte die Muhme.

„Nä,“ schrie Kasperle, „ich bin nicht gerichtet und – in Spiritus lasse ich mich nicht setzen.“

„Bewahr' mich der Himmel! Wer will denn so was tun?“ Die fremde Dame sah das Kasperle höchst erstaunt an. Da schnitt der ein bitterböses Gesicht, zeigte irgendwo mit der Hand hin und brummte: „Der.“

Christli sah ganz erschrocken drein. „Hu, er ist böse,“ klagte er.

Doch da lachte ihn Kasperle schon wieder an, und Christli mußte mitlachen, ob er wollte oder nicht. Die Muhme Agathe fiel auch ein, und ein paar Minuten tönte das Lachen hell durch das Zimmer. Dann sagte die Muhme: „Nun erzähl mal: Wer bist du eigentlich?“

„Kasperle!“ Der kleine Schelm dachte: Wenn ich es immer sage, dann muß sie es doch glauben. Aber die Muhme schüttelte den Kopf: „So etwas gibt es ja gar nicht.“

„Doch, Muhme, der Vater hat erzählt, daß bei dem Herzog August Erasmus ein richtiges lebendiges Kasperle sei, und Marlenchen –“

„Marlenchen,“ schrie Kasperle, „wo ist sie?“

„Auf Lindeneck; es ist meine Freundin.“

Da war nun freilich Kasperle an den rechten Ort gekommen. Hops! saß er auf dem Rande des vergoldeten Bettes und erzählte Christli, woher er gekommen sei, und wie er das Marlenchen kennengelernt habe.

Christli hörte ihm mit strahlenden Augen zu, dann wieder kamen Tränen, und schließlich lachte er herzhaft.

Der Muhme Agathe ging es nicht anders. Die wischte sich mit dem seidenen Haubenband über die Augen, dann lachte sie wieder, daß sie mit dem Stuhl wackelte, und darüber verging die Zeit. Niemand hörte draußen jemand gehen, niemand hörte die Türe sich öffnen, Christli sah seinen Vater erst, als der schon mitten im Zimmer stand.

Ein ernster Herr war es, der da das Kasperle erstaunt anblickte. Und merkwürdig, ein bißchen sah er aus wie der Herzog August Erasmus, aber wie dieser, wenn er gut gelaunt war.

Kasperle kriegte keinen kleinen Schreck, als der Herr zu reden anfing und auch seine Stimme wie die des Herzogs klang. Er schielte ängstlich nach der Türe, da sagte auch noch Christli: „Vater, das ist das Kasperle, das beim Oheim August Erasmus gewesen ist.“

Jemine, wohin war Kasperle geraten! Er saß plötzlich nicht mehr auf dem Bett, sondern unter dem Bett, und ein bitterliches Schluchzen ertönte von dort her.

Aber da sagte der ernsthafte Herr: „Sei still! Das kann Christli nicht vertragen. Komm einmal zum Vorschein; ich weiß alles von dir.“

Kasperle schwieg zwar, aber mit dem Vorkommen nahm er sich noch Zeit. Doch da ergriff ihn Christlis Vater, zog ihn hervor, nahm ihn auf den Schoß und erzählte nun, er sei ein Stiefbruder des Herzogs. Aber der Herzog sei nicht gut zu seinen Verwandten gewesen, darum sei er in ein anderes Land gezogen. Er war ein Fürst ohne Land und ohne Schloß, und schuld an allem war – die Prinzessin Gundolfine.

Kaum hatte der Fürst Helmrich den Namen genannt, da zog Kasperle so ein Gesicht, wie es die Prinzessin machte, und Christli jauchzte vor Freude. Sein Vater sah ihn froh an. Der Bube war krank gewesen, viele, viele Wochen lang, und darüber hatte er fast etwas das Lachen verlernt gehabt. Aber heute sah er so fröhlich drein, daß der Fürst selbst das Kasperle bat: „Komm bald wieder!“

„Komm, ich führe dich heim, denn sonst rennst du wieder in ein anderes Haus und findest nicht heim,“ sagte Frau Agathe. Die war keine Prinzessin, sondern nur eine Gräfin; sie war aber trotzdem des Herzogs Base. Ihr gab Kasperle willig die Hand, nachdem er das Baldwiederkommen versprochen hatte.

Der Kirchplatz lag im Sonnenlicht, als die Gräfin Agathe mit dem Kasperle aus dem Hause kam. Drüben die zweite Türe tat sich auch gerade auf, und der Professor begleitete seinen Besucher, den Bürgermeister, hinaus.

„Schlupf unter meinen Schal!“ sagte die Gräfin, denn Kasperle stöhnte gleich: „Hach, er steckt mich in Spiritus!“

Die große stattliche Dame trug einen weiten blauen Seidenschal über dem gebauschten Kleid, und Kasperle ließ sich gern einhüllen. So kam er am Haus an der Kirche an, und Frau Liebetraut kam selbst, die Türe zu öffnen. „Ei,“ rief die Gräfin Agathe, „man meint schier, die Waldsonne scheint!“

Da lächelte die schöne Frau Liebetraut holdselig, und die Gräfin nahm ihre Hand und ließ sich in das Haus führen, ließ sich die beiden kleinen Mädel zeigen und sah sich in Meister Friedolins Kasperlestube und Mutter Annettchens blanker Küche um. Herr Severin kam, und als die

Gräfin schied, redete sie vom Wiederkommen und von einem Kaffeebesuch.

So hatten die Waldleute auch Freunde in Torburg gefunden. Kasperle war arg stolz, daß er ihnen dazu verholfen hatte. Und er hatte auch einen Freund gefunden, denn am Nachmittag kam der Fürst selbst und erbat sich das Kasperle zur Gesellschaft für den kranken Christli. „Der wird vor lauter Lachen noch gesund," sagte er.

Kasperle will nicht in Spiritus sitzen

Der Professor wartete auf das Kasperle, er wollte es studieren. Die Base Mummeline ging noch durch die Straßen und dachte: Vielleicht erwische ich das Kasperle, dann stecke ich es in meinen Karren und nehme es mit. Die Torburger Buben aber strichen um Meister Severins Haus herum und warteten auch auf Kasperle. Doch das lief nur manchmal flink und eilig, von jemand geleitet, hinüber in des Fürsten Haus. Husch! war es über den Platz gelaufen, und husch! war es im Haus verschwunden. Und meist war es zu einer Zeit, da kein Bubenbein über den Platz rannte.

Es war sehr schnell eine dicke Freundschaft zwischen dem blassen Christli und Kasperle entstanden. In dem Zimmer nach dem Garten hinaus verlebten beide frohe Stunden, und das Lachen bekam Christli gut. Er konnte bald aufstehen, ja, nach ein paar Tagen durfte er sogar in den Garten gehen.

Der war auch nicht viel größer als Herrn Severins Garten. Kasperle schaute auf ein Mäuerlein und fragte: „Wo geht's da hin?"

„Das ist dem Professor Schnappel sein Garten," antwortete Christli.

„Hach!" Kasperle riß die Augen weit auf. So nahe war ihm der?

„Ja," sagte Christli, „der Professor hat einen sehr großen Garten. Wenn du durch den Garten gehen könntest, brauchtest du gar nicht über den Kirchplatz zu laufen."

„Ich spring über die Mauer," rief Kasperle.

„Das kannst du nicht, die ist zu hoch."

Der Zweifel an seiner Kunstfertigkeit, einen Purzelbaum über eine Mauer hinweg zu schlagen, kränkte Kasperle ein wenig. Und der kleine Luftikus vergaß, daß er drüben schon einmal in die Tinte gefallen war. Also drehte er sich um, und hopps! flog er wie ein Gummiball über die Mauer.

Drüben landete er in Indien. Das war ein von Blumenbeeten eingefaßter Grasplatz. Der Professor saß da gerade und las, als er auf einmal etwas durch die Luft fliegen und in sein Feuerlilienbeet fallen sah.

„Kasperle," rief er erstaunt, „endlich kommst du; da kann ich dich gleich studieren."

„Nä," schrie Kasperle, „ich will nicht in Spiritus sitzen."

Aber da hatte ihn der Professor schon am Hosenzipfel erwischt. „Du bleibst," rief er, „ich muß dich studieren. So einen seltenen Fang habe ich noch nie getan."

„Nä!" schrie Kasperle wieder. Aber der Professor kümmerte sich nicht weiter um das Geschrei, er hörte auch nicht auf das angstvolle Rufen Christlis jenseits der Mauer. Er nahm Kasperle und trug ihn in sein Haus, trug ihn in sein Studierzimmer. Dort setzte er ihn etwas unsanft auf den Boden und sagte: „Jetzt bleibst du hier!"

Ach, was wußte der gute Professor Schnappel davon, wie flink ein Kasperle durch ein offenstehendes Fenster purzelbaumen kann! Eins, zwei, drei – an der Nase des Professors vorbei, und draußen mitten auf dem Kirchplatz in einer Bubenschar landete Kasperle.

Innen in seinem Zimmer stand der Professor, rieb sich die Nase und sagte dreimal: „Merkwürdig, höchst merkwürdig!"

Auf dem Kirchplatz aber standen vier Buben und schauten nicht minder verdutzt das heulende Kasperle an. Wo war das auf einmal hergekommen? Und war es wirklich das lebendige Kasperle, das alle Torburger Buben und Mädel doch so himmelgern sehen wollten? Endlich tippte ein großer Junge Kasperle an und fragte: „Bist du wirklich Kasperle?“

Der nickte, und flugs schnitt er ein Räubergesicht, denn er fürchtete sich ein wenig vor den fremden Buben. Die wichen erst zurück, dann kamen sie wieder und jauchzten laut: „Kasperle, es ist Kasperle! Wo kommst du denn her?“

„Da.“ Kasperle deutete auf des Professors Haus, und eben öffnete sich an diesem eine Türe, und der Professor trat heraus.

„Hach!“ kreischte Kasperle, „er will mich in Spiritus setzen, er macht mich tot.“

„Wir retten dich!“ Den Buben kam die Sache ungeheuer wichtig vor. Schwipp, schwapp! packten sie das Kasperle, ein stämmiger kleiner Blondkopf schrie: „Zu mir!“ und fort ging die wilde Jagd.

„Halt, halt!“ rief der Professor. Aber er konnte gut halt rufen: ehe er noch drei Schritte getan hatte, sausten die Buben mit Kasperle in ein Gäßlein hinein, dann links um die Ecke herum, und auf einmal stand Kasperle in einer Schmiede. Das Feuer glühte, und ein mächtiger Mann schlug gerade auf den Amboß: Bums!

Bums! Da lag auch Kasperle vor Schreck auf dem Boden. Er schnappte erst dreimal nach Luft, dann heulte er, heulte, wie eben ein Kasperle heult.

So etwas hatten die Torburger Buben noch nie gehört, und sie konnten das Heulen wahrlich gut. Auch der große Schmied sah höchst verdutzt drein. „Was habt ihr denn da für ein wunderfitziges Ding?“ fragte er erstaunt.

„Kasperle ist's, und er sagt, der Professor Schnappel wolle ihn in Spiritus setzen.“

„I nä!“ Meister Christoph, der Schmied, schüttelte den Kopf. „Was so'nem Professor auch alles einfällt! – Du da, du Kasper, höre jetztmal auf zu heulen! So 'n Gelärme lieb' ich nicht; bei mir muß es fein leise zugehen.“

Der Schmied hatte eine Stimme, die dröhnte wie ein Kanonenschuß, und Kasperle ließ vor Schreck das Heulen sein, schielte den gewaltigen Mann hilflos an und rief kläglich: „Er will mich doch in Spiritus setzen!"

„Hm, hm, das wär' nicht angenehm! Hab' aber keine Angst, ich schütze dich." Meister Christoph war herzensgut, und das Kasperle, das da so kläglich am Boden saß, tat ihm, er wußte selbst nicht warum, herzhaft leid. Er legte also seinen Schmiedehammer weg, kam näher, hob das Kasperle empor, setzte sich auf einen Hocker und nahm den kleinen Schelm auf seinen Schoß. „Nu erzähl' mal! Wo kommste denn her?"

Ja, erzählen! Kasperle erzählte schon gern seine Abenteuer, aber bis einer aus seinem Geschwätze klug wurde, das dauerte schon ein Weilchen. Es war gut, daß die Torburger Buben schon wußten, wer eigentlich Kasperle war. Sie redeten dazwischen, Kasperle schwätzte, schnitt Gesichter, sah aus wie die Base Mummeline und die Prinzessin Gundolfine, und Meister Christoph lachte, daß er bald mitsamt dem Kasperle von seinem Hocker gefallen wäre. Die Buben kreischten vor Vergnügen, und je mehr sie lachten, desto flinker erzählte Kasperle. Jeder Bergbach hätte ihn um dies rasche Schwätzen beneiden können. Aber plötzlich fiel ihm wieder der Professor ein, und er schrie: „Ich will nicht in Spiritus sitzen!"

„Ist recht, mein Kasperle, sollste auch nicht." Der Schmied streichelte mit seiner großen Hand das Kasperle ganz zart und lind und sagte: „Ich bring' dich heim."

„Erst muß ich wieder zu Christli."

„Zu dem hochmütigen kleinen Prinzen?" Meister Christoph schüttelte den Kopf, und die Buben riefen alle: „Der spielt sich auf, der ist nicht nett!"

Ei, man durfte dem Kasperle seinen Freund nicht schelten! Gleich machte er ein bitterböses Gesicht und brüllte wie ein kleiner Wolf: „Das ist er doch." Und flugs erzählte er von Christli, wie lieb und gut der sei, und wie nett er mit ihm, dem Kasperle sei.

Die Buben wurden alle eifersüchtig, und sie schrien alle: „Wir bringen dich hin." Und dann erzählten sie, Christli sei einmal acht Tage in die Schule gekommen, kein Wort habe er aber mit den andern gesprochen, also sei er hochmütig.

„Nä!" Kasperle schüttelte den Kopf, ja, das ganze Kasperle schüttelte sich vor Nachdenken, und dann – plumps! da lag er wieder einmal unten, und Meister Christoph rief ganz erschrocken: „Biste entzwei?"

„Nä!" Kasperle lachte. Er rieb sich ein bissel seine Nase und sagte plötzlich: „Er hat sich nicht getraut."

„Der Prinz Christli? Zu reden meinste?" Der Schmied sah ganz nachdenklich aus. Dann wuschelte er einem Buben über den Kopf und schrie ihn an: „Geh, Maxel, wasch dich, erst! Nachher geht ihr alle mit bis an des Fürsten Haus, nur du nicht, Hansjörg, du hast 'n Loch in den Hosen."

Hansjörg verzog sein Gesicht jämmerlich. Er schluchzte: „Ich hab's doch schon drei Tage!"

Aber Meister Christoph entschied: „Loch ist Loch, damit geht man nicht zum Prinzen."

„Der schaut nicht hin." Kasperle sah den Schmied so bittend an, daß der bloß auf dem Händewaschen bestand und sagte, er wolle nicht mehr auf Löcher schauen. Und das war gut: Friedel hatte ein Loch im Jackenärmel, und Fritze hielt sich gleich beide Hände vor das Hosenbödle. Mit einem Löchlein war es dort nämlich nicht abgetan.

Kasperle sah nicht darauf. Der marschierte ganz stolz an des Schmieds Hand über den Kirchplatz. Dort stand ein Diener vor des Fürsten Hause und hielt Umschau. „Na, endlich kommt Kasperle!" rief er. „Unser junger Prinz ist schon halbtot vor Angst. – Holla, was soll denn das?"

Hinter Kasperle wollten nämlich Maxel und Hansjörg ins Haus laufen, und den andern sah man die große Lust an, dies auch zu tun.

Dem alten Johann paßte das aber ganz und gar nicht. Er ging nämlich nicht immer in einem Dienerrock, sondern putzte auch die Schuhe, scheuerte die Böden und hatte keine Lust, über den weißen Fliesenboden acht Bubenbeine laufen zu lassen.

„Die wollen mit," schrie Kasperle vergnügt.

„Gibt's nicht!" brummte der Diener.

„Wer will mit?" Da stand auf einmal die Gräfin mitten im Flur, schaute lieb und freundlich auf die Bubenschar und ließ sich von Kasperle erzählen, wie die ihn gerettet und beschirmt hatten. Die gute Gräfin lachte herzhaft, sagte aber doch, heute dürften die Buben noch nicht zu Christli. Den hätten sie wieder ins Bett legen müssen, so sehr habe er sich über Kasperles Verschwinden gegrämt. Doch wenn er gesund sei, könne er solche kleine Freunde wohl gebrauchen, sie wolle ihn einstweilen grüßen. „Da geh nur rasch mal zu ihm, Kasperle! Doch lange darfst du nicht bleiben, und deine neuen Freunde können so lange auf dich warten."

Das taten die arg gern. Meister Christoph ermahnte sie noch: „Paßt aber gut auf!" Dann kehrte er zur Schmiede zurück. Die Buben aber setzten sich stolz auf die Stufen, die zum Haus hinauf führten. Sie kamen sich ungeheuer wichtig vor als Kasperlewächter.

Innen erzählte Kasperle unterdessen eifrig dem blassen Christli seine Abenteuer. Und beinahe hätten sie sich gestritten. Christli sagte nämlich, er glaube nicht, daß der Professor Kasperle in Spiritus setzen würde. Doch Kasperle nickte sehr ängstlich mit dem Kopf und rief: „Er setzt mich doch rein!" Und er beschrieb, wie ihn der Professor in sein Arbeitszimmer getragen hatte, und schließlich flehte Christli: „Kasperle, sei vorsichtig."

Das versprach Kasperle, versprach das Wiederkommen für morgen und nahm nicht nur allein Grüße, sondern auch ein paar Zuckerstücke für die neuen Freunde draußen mit. Dann nahm er Abschied von Christli, als ginge er auf eine Weltreise.

Kasperle wurde draußen von seinen Freunden mit lautem Jubel empfangen. „Ich führe dich," riefen sie alle vier zugleich.

Ein paar Minuten zerrten und rissen sie an Kasperle herum, bis der sagte: „Zwei können mich am Jäckle anfassen, dann geht's."

Oh, war Kasperle gescheit! Fritzle und Hansjörg kriegten je eine kleine dicke Kasperlehand, Maxel packte Kasperle an den Höslein, Friedel nahm das Jäcklein wie einen Zügel, und dann trabten sie alle vier los, erst langsam und feierlich, damit auch jeder sehen konnte, wer da kam.

Es sah es aber niemand, denn der Platz war wie leergefegt. An Professor Schnappels Haus gab es ein heftiges Rennen und Schreien, und weil sie alle so im Schuß waren, rannten sie an Meister Severins Hause vorbei und rannten natürlich den einzigen Menschen an, der gerade um diese Zeit über den Kirchplatz ging. Das war ausgerechnet der Herr Bürgermeister. Puff! erhielt der einen Stoß vor den Bauch. Er drehte sich gleich rundum, und dann sah er nur noch die letzten Bubenbeine in Meister Severins Haus hineinlaufen. „Das war wieder dies vermaledeite Kasperle; immer stößt er mich," brummte er. „Muß der Schlingel gerade hierherkommen! Nichts wie Ärger werde ich von ihm haben. Und die Prinzessin Gundolfine –" Weiter sagte der dicke Bürgermeister nichts. Das andere dachte er sich; was er sich aber dachte, erfuhr an diesem Tage kein Mensch, selbst seine liebe Frau nicht. Dabei hatte ihm diese sein allerbestes Lieblingsessen, Klöße mit Kraut, gekocht.

Im Hausflur verabschiedete sich inzwischen Kasperle von seinen neuen Freunden. Die versprachen ihm, ihn morgen nach der Schule abzuholen, und dann wollten sie zusammen wieder Meister Christoph besuchen. Wann die Schule aus war, wußten sie nicht genau. An diesem Tage hatten sie früher frei bekommen, weil ein Lehrer erkrankt war.

„Vielleicht ist morgen wieder einer krank," sagte Hansjörg hoffnungsvoll.

Dann trennten sie sich, denn im Hause wurde Kasperle gerufen. Frau Liebetraut hatte das Geschwätz vernommen, und sie rief etwas ängstlich Kasperles Namen.

Da kam der eilig gerannt, erzählte vergnügt seine Erlebnisse und sagte zuletzt: „Hoffentlich ist morgen 'n Lehrer krank!"

„Aber Kasperle, das war bös!"

Kasperle sah Frau Liebetraut ganz erschrocken an. Böse wollte er doch nicht sein! Kleinlaut brummelte er: „Na, 's Bäuchle könnt' ihm doch ein bißchen weh tun!"

„Wenn es nur dir nicht weh tut, heute! Es gibt nämlich dein Lieblingsessen, Griesbrei mit Blaubeeren."

Da schmauste Kasperle genau so wie der Herr Bürgermeister von Torburg an diesem Tag sein bestes Lieblingsessen. Doch er saß nicht stumm und feierlich am Tisch wie dieser, er schwätzte, und es war ein Wunder, daß der Himmel blau blieb, daß Kasperle nicht alles Blaue herunterschwätzte.

Eine aufregende Geschichte

Torburg war keine große Stadt, und ein Gerüchtlein lief schnell durch seine Gassen. Die vier Buben Maxel, Hansjörg, Friedel und Fritze erzählten jedermann, der Professor Schnappel wolle das putzlebendige Kasperle von Meister Severin totmachen und in Spiritus setzen. Ein paar lachten darüber, aber alle Kinder glaubten das Gerede. Fritzes Mutter glaubte es auch. Die war eine Frau Bäckermeisterin, bei der viele Torburger ihre Wecken kauften, und an diesem Nachmittag bekamen alle Kunden zum frischen Kaffeeweck die Neuigkeit als Zugabe: „Wissen Sie schon? Das Kasperle soll in Spiritus gesetzt werden!"

„Jemine, wie graulich!" riefen ein paar Frauen, und auf dem Heimweg erzählten die es der Fleischermeisterin Hals an der Ecke vom Neumarkt, der Professor Schnappel wolle Kasperle in Spiritus setzen.

„Ach, Unsinn!" sagte die heitere Frau lachend.

„Ist kein Unsinn," redete jemand dazwischen. Das war Dörte, des Professors Magd. „Er will es wirklich! Er setzt alles in Spiritus, was er studiert. Und er hat gesagt, er wolle Kasperle studieren. O je, o je, das arme liebe Kasperle! Tot weinen könnt' ich mich!"

Na, wenn es die Dörte selbst sagte, dann mußte es doch gewiß stimmen.

Das Gerüchtlein bekam auf einmal Siebenmeilenstiefel, rannte durch alle Gassen, und am Abend redete ganz Torburg davon, der Professor Schnappel wolle das Kasperle in Spiritus setzen. Immer weniger Leute lachten darüber, immer mehr glaubten es. Einige sagten trotzdem: „Unsinn!“, viele verlangten, man müsse es dem Bürgermeister sagen. Ja, zwei Frauen gingen sogar in des Bürgermeisters Haus. Doch der hatte zuviel von seinem Lieblingsgericht gegessen, das lag ihm im Magen, und als die Frauen ihm die schreckliche Geschichte mitteilten, knurrte er: „Meinetwegen kann er den Kasper in die Tinte setzen. Kasperles sind nur unnütze Dinger.“

Das war hart. Alle, die das Gerücht glaubten, bekamen das größte Mitleid mit Kasperle, und die Buben, die sich seine Freunde nannten, wurden von den andern Buben und Mädels lebhaft beneidet. Sie durften Kasperle beschützen, das war doch einmal etwas.

In Meister Severins Hause redete niemand von der furchtbaren Geschichte. Kasperle hatte zwar gesagt, der Professor wolle ihn in Spiritus setzen, doch Meister Severin hatte nur darüber gelacht und die andern mit ihm.

Am Nachmittag nahm Herr Severin das Kasperle mit in sein Zimmer hinauf, er wollte dort auf einer uralten Geige spielen. Da saß Kasperle still und geduldig auf dem Fensterbrett, lauschte den feinen, frommen Tönen und sah ganz, ganz anders aus als sonst. Immer ging es Kasperle so. Wenn Herr Severin oder sein Michele spielten, dann mußte er an die ferne schöne Insel denken, von der er doch gar nicht wußte, wo sie lag. Irgendwo im Weltmeer. Viele Blumen blühten dort, und nur Kasperles wohnten da. Aber alles wußte Kasperle nur wie einen schönen Traum, den er vor langer, langer Zeit geträumt und halt wieder vergessen hatte.

Nachher spielte Kasperle noch ganz brav, ohne lautes Getöse im Garten. Frau Liebetraut, die darinnen mit Mutter Annettchen zusammen saß, rief ein paarmal Kasperle, und dann antwortete Kasperle jedesmal: „Ja.“

Endlich rannte er in das Haus, kam bald wieder zurück und schrie: „Ich kann's.“

„O lieber Himmel! Was für eine Dummheit kannste wieder?“ fragte Mutter Annettchen.

Da setzte sich Kasperle auf einen Stuhl, nahm ein Buch in die Hand und sah dann plötzlich so aus wie drüben der Professor Schnappel.

„Aber Kasperle,“ rief Frau Liebetraut, „du sollst doch nicht immer Gesichter schneiden! Der Herr Professor –“

Wutsch! hatte Kasperle ein bitterböses Teufelsgesicht aufgesetzt. „Er will mich in Spiritus tun,“ rief er, „er ist schlimm.“

„Bewahre, der ist nicht schlimm!“

Kasperle glaubte sonst der schönen Frau Liebetraut alles, das glaubte er ihr aber doch nicht, und er rief trotzig: „Er ist doch bös!“

Frau Liebetraut antwortete nicht, denn Herr Severin kam gerade in den Garten, schwenkte einen Brief und rief: „Von Michael und Rosemarie.“

Hei! Da vergaß Kasperle allen Ärger über den Professor. Der Michele und seine Frau, die schöne Gräfin Rosemarie, das waren seine lieben, lieben Freunde. Er zappelte auf dem Stuhl herum vor Freude, wie ein Fischlein auf trockenem Land. Endlich hörte er etwas von ihnen! „Hallo, wo sind sie?“

„Kasperle, schrei nicht so arg!“ sagte Herr Severin. „In Italien sind sie, und über das Meer wollen sie fahren, nach Ägypten, nach Indien, weit, weit in die Welt hinein.“ Und dann las er den Brief vor, und weil Frau Liebetraut so sehr bat, spielte er auf einer kleinen Orgel innen im Haus noch lange schöne Weisen. Da hörte Kasperle wieder zu, und dann ging er brav und still in sein Bett; eins, zwei – da schlief er schon.

Er wachte auch so brav auf, und Frau Liebetraut selbst führte ihn hinüber zu seinem Freund Christli. Weil die Sonne hinter den Wolken Versteck spielte und der ganze Himmel nach Regen aussah, spielten Christli und Kasperle in dem Zimmer. Kasperle kasperte lustig herum. Christli lag auf einem Ruhebett und lachte. So verging beiden die Zeit.

Endlich kam die Gräfin Agathe herein und erzählte: „Kasperle, draußen stehen etliche Buben; sie sagten, sie müßten dich schützen und dich heimholen. Bist doch ein arg dummes Kasperle! Brauchst dich doch nicht zu fürchten!"

Doch Kasperle war das Heimholen schon lieb. Er wurde denn auch mit großem Jubel von seinen Freunden empfangen. Die aber bettelten heut: „Kaspere uns doch einmal etwas vor!"

Ach lieber Himmel, wie konnte da Kasperle nein sagen!

Er schnitt gleich seine allernärrischsten Gesichter, lachte und heulte, sprang und purzelbaumte, erst langsam, dann schneller und schneller

und -

Ein gellender Schrei ertönte. Von den Buben unbemerkt war ein Herr über den Kirchplatz gekommen, der nahm das Kasperle am Hosenbödle und sagte: „So, nun hab' ich dich wieder."

Es war der Professor Schnappel.

Ehe Kasperles Beschützer zu Hilfe kommen konnten, klappte die Haustüre, und Kasperle war in des Professors Haus. Nur sein Gebrüll tönte auf dem Kirchplatz, und das fuhr Maxel, Hansjörg, Friedel und Fritze in die Beine. Sie rannten, Hilfe zu holen. Zuerst ging's auf den Schulplatz. Da quirlten Buben und Mädel herum, und Hansjörg brüllte als erster: „Jetzt steckt er ihn in Spiritus!"

Das Echo seiner Kameraden folgte gleich, und ein paar Augenblicke standen die Kinder alle wie erstarrt. Sie wußten nicht recht, waren die Buben übergeschnappt oder nicht. Aber da begann Hansjörg, der eine Stimme wie ein kleiner Löwe hatte, zu erzählen, und kaum war er fertig, gab es ein Zetergeschrei: „Er darf ihn nicht totmachen und in Spiritus setzen. Wir wollen Kasperle befreien."

Kasperle war den Torburger Kindern eine ungeheuer wichtige Persönlichkeit geworden seit dem Tage seiner Ankunft. Recht gesehen hatten ihn freilich nur die vier Buben, aber geredet hatten sie alle von ihm. Und neugierig waren sie alle, und riesengroßes Mitleid hatten sie auch alle. Mädel, Buben, Große, Kleine, alle schrien sie aufgeregt durcheinander. Alle wollten gleich vor des Professors Haus ziehen, doch da rief Maxel bedeutsam: „Es müssen Große mitgehen."

Ja, Große, ganz Torburg mußte mitlaufen, dann würde der Professor schon das Kasperle herausgeben.

„Wir laufen über den Markt." Hansjörgs Stimme schrillte wieder.

„Aber vielleicht sitzt er schon im Spiritus!" ertönte es klagend. Die kleine Lisabeth, die ein sehr weiches Herzelein hatte, rief es. Und tropf, tropf! rannen ihr auch schon ein paar Tränlein aus den Augen.

Das steckte an: drei, vier Mädel schluchzten auf, doch Hansjörg brüllte: „Stille! So fix kommt er doch nicht in Spiritus. Marsch jetzt!"

„Übern Markt, übern Markt!" brüllten die andern, und die ganze Gesellschaft setzte sich in Bewegung. Es war gerade Wochenmarkt gewesen. Die Verkäuferinnen rüsteten sich just zum Abräumen und Einpacken, als heidi! mit Gelärm und Geschrei die ganze Kinderschar dahersauste. „Er setzt ihn in Spiritus, er setzt ihn in Spiritus! Hilfe, Hilfe!"

„Gott bewahre mich!" Die dicke Händlerin Freudenreich setzte sich gleich platt auf einen Haufen zusammengekehrter Marktreste nieder. „Was soll das? Was heißt das? Wer sitzt im Spiritus?"

„Kasperle, Kasperle!" kreischten die Kinder. „Der Professor Schnappel setzt ihn in Spiritus."

„Unsinn!" rief eine handfeste Bäuerin. „Er will ihn gewiß nur abwaschen."

„Nein, er macht ihn tot."

„Unsinn!" riefen noch zwei andere Frauen, aber da kreischten die Kinder so mörderlich „Hilfe, Hilfe!", daß es den Marktfrauen himmelangst wurde.

„Erzählt mal!" rief die Bäuerin. Und weil sie sah, daß Hansjörg seinen Schnabel am allerweitesten aufreißen konnte, nahm sie den Buben beim Genick, stellte ihn auf einen abgeräumten Tisch und gebot: „Der erzählt, ihr andern haltet's Maul! Verstanden?"

Das war deutlich. Die Torburger Kinder schwiegen denn auch plötzlich muckstill, und Hansjörg begann zu erzählen. Als er in seiner Rede bei dem Ergreifen Kasperles durch den Professor Schnappel anlangte und beweglich Kasperles Gebrüll nachahmte, fielen alle Kinder ein: „Hilfe, Hilfe! Er steckt ihn in Spiritus!"

„Potz Donnerwetter! Was ist das für ein ungehöriger Lärm?" dröhnte eine laute Stimme in das Gekreisch hinein. Der Polizeiwachtmeister Stöterlein stand da und sah ungeheuer grimmig aus.

Die Händlerin Freudenreich, die eben erst von ihrem Gemüsehaufen aufgestanden war, plumpste vor Schreck gleich wieder um. Die Kinder aber ließen sich durch den barschen Ton nicht abschrecken. Der Wachtmeister Stöterlein kam ihnen gerade recht. Sie brüllten ihm in die Ohren: „Er steckt ihn in Spiritus; er macht ihn tot."

„Wer? Was? Heiliger Bimbam! Was soll das heißen?"

Und wieder sagte die handfeste Bauersfrau: „Stille, ihr andern. Der da soll erzählen."

Da kam Hansjörg wieder auf den Tisch, und er erzählte mit noch mehr Wichtigkeit als vorher das schreckliche Geschehen. Geraubt hatte der Professor Schnappel das Kasperle, und in Spiritus wollte er es stecken.

Die Kinder kreischten, ihre Stimmen gellten über den Markt, gellten den würdigen Ratsherren und dem Bürgermeister in die Ohren. Die kamen gerade von einer wichtigen Sitzung und beschauten sich etwas verwundert das ungewöhnliche Getriebe auf dem Platz.

„Komm mal mit!" Hansjörg schwebte durch die Luft, der Wachtmeister Stöterlein hatte ihn am Kragen gepackt, schwenkte ihn wie eine Fahne und setzte ihn gerade vor die weisen Herrn vom Rat der guten Stadt Torburg nieder. „Da, der soll's sagen!" brummte der Wachtmeister.

Hansjörg war wie ein Held an diesem Tage. Alle guten Geister – konnte der kleine Dreikäsehoch schreien! Seine Stimme schmetterte den Ratsherren in die Ohren, und kaum war wieder der Schluß da, als Kinder und Marktfrauen aufkreischten: „Er setzt ihn in Spiritus, er macht ihn tot!"

„Zum Kuckuck, was geht uns so ein dummer Kasper an!" rief der Herr Bürgermeister.

Doch da wandten sich alle entrüstet dem Stadtoberhaupt zu, und selbst die Bauersfrau, die zuerst „Unsinn!" gesagt hatte, rief nun, dies sei nicht recht, man dürfe das Kasperle nicht so im Stich lassen. In Spiritus dürfe er nicht gesetzt werden, außerdem würde dann die neue Fürstin bitterböse werden, denn die habe gesagt, das Kasperle könnte sie gut leiden.

„Man muß ihn retten, man muß ihn retten!" Immer mehr Menschen fanden sich dazu, voller und voller wurde der Markt. Die Marktfrauen kümmerten sich weder um ihre Körbe, noch um ihre Wagen. Stehlen war in Torburg nicht Mode. Alle dachten nur an das Kasperle, und als der Bürgermeister sah, es würde ein richtiger Volksauflauf, herrschte er den Wachtmeister Stöterlein an: „Die andern sollen kommen! Wir wollen mal nach dem Rechten sehen."

Hurra, das war ein Wort! Hansjörg hob vor Freude gleich ein Bein in die Luft, und dabei verlor er das Gleichgewicht und fiel dem dicksten Ratsherrn an den Bauch. Klatsch, klatsch! Da brannten dem Helden Hansjörg auf einmal beide Backen feuerrot, und da der Ratsherr drohte: „Es gibt mehr," verschwand der kleine Held für ein paar Minuten im Getümmel.

„Jetzt kommt die Polizei!" Ein Jubelrufen tönte auf, und wieder gellte Hansjörgs Stimme hervor: „Hilfe, Hilfe! Wir retten Kasperle!"

„Donnerwetter, du infamer Bub! Laß doch das Gebrüll!"

Klatsch, klatsch! Diesmal sauste eine Ratsherrenhand auf Hansjörgs Hosenbödle nieder. Da blieb dem das Hilfegeschrei vor Schreck im Munde stecken.

Wahrlich, die vier Freunde mußten an diesem Tag viel leiden für Kasperle. Nach Hansjörg bekam Maxel von Wachtmeister Stöterlein einen

Puff, der ihn gleich zehn Schritte weiter beförderte, und da Friedel und Fritze ihr Hilfeschreien unermüdlich fortsetzten, schlug der Herr Bürgermeister eigenhändig jedem auf den Mund, aber ordentlich. Da verging den Buben das Rufen, und so kam es, daß die vier wackeren Helfer ein Weilchen muckstill waren.

Freilich – es dauerte nicht lange.

Als sich der Zug nach dem Kirchplatz in Bewegung setzte, waren alle vier wieder voran und brüllten lauter als vorher. Sie brüllten ein paar Frauen vom Kochherd weg, brüllten den Meister Christoph aus seiner Schmiede heraus und brüllten auf dem Kirchplatz so sehr, daß es sogar die Waldhausleute, die alle in der Gartenstube saßen, hörten. Meister Severin hörte „Kasperle!“ rufen. Da lief er flink hinaus und sagte erschrocken im Flur zu seiner Frau Liebetraut: „Wenn unser Kasperle nur keine Dummheit gemacht hat!“

Als Herr Severin auf den Kirchplatz trat, war der voller Menschen. Aus allen Gäßlein, die nach dem sonst so stillen Platze führten, strömten die Menschen herbei. Es war ein ungeheurer Lärm.

Herr Severin wurde aus dem Geschrei nicht klug. Hatte nun Kasperle etwas getan oder war Kasperle etwas geschehen? Doch ehe er das noch erfahren hatte, betrat der Bürgermeister des Professors Haus. Dörte hatte schreckensbleich ob des Getöses die Türe geöffnet. Als sie aber die vielen, vielen Menschen sah, flüchtete sie schreiend in ihre Kammer. Dem Bürgermeister aber folgten die Ratsherren, ihnen nach drängten die andern Leute, am heftigsten jedoch drängten die Kinder voran. Und trotzdem die drei Polizisten von Torburg Katzenköpfe rechts und links austeilten, es half alles nichts. Wer einen Katzenkopf erwischte, schrie „Au!“ und puffte sich weiter durch.

So wälzte sich die Menschenmasse durch den weiten Hausflur bis zu der breiten Türe hin, die zu Professor Schnappels Studierzimmer führte. Und just an der Tür bekam ein Ratsherr einen Stoß, er wußte nicht von wem, aber unwillkürlich schubste er den Bürgermeister, und der flog wie eine Schwalbe am blauen Sommertag in das Zimmer hinein.

Von hinten tönten Stimmen: „Sitzt er schon in Spiritus?“

Aber Kasperle saß nicht in Spiritus. Der saß höchst gemütlich auf des Professors Schreibtisch und – fraß Kuchen. Denn „essen“ konnte man das Geschlinge bei ihm nicht nennen.

Erst hatte Kasperle ungeheuerlich geschrien: „Ich will nicht in Spiritus, ich will nicht in Spiritus!“ und es hatte ein Weilchen gedauert, bis der Professor verstanden hatte, was das Geschrei bedeuten sollte. Da hatte er mit dem Kopf geschüttelt, hatte den Finger an die Nase gelegt und gefragt: „Kasperle, willst du Kuchen essen?“

Wann hätte Kasperle da jemals nein gesagt! Er nickte also sehr eifrig, und als Dörte einen riesengroßen Napfkuchen brachte, vergaß Kasperle halb und halb seine Sorge. Nach dem ersten Viertel schon war er mit dem Professor gut Freund, und gerade hatte er den Napfkuchen halb aufgefuttert, als der Bürgermeister, die Ratsherren, die Polizei und die vielen, vielen Leute erschienen.

„Er ißt Kuchen, er steckt nicht in Spiritus!“ schrie Hansjörg. Der war wieder einmal voran und seine lustige Himmelfahrtsnase tauchte neben dem Bürgermeister auf.

„Er ißt Kuchen – er sitzt nicht in Spiritus!“ Verwundert, fast ein wenig enttäuscht kam es aus der Menge.

„Wir haben ihn gerettet! Hurra, wir haben ihn gere –“

„Heilloser Bengel, du, halt doch den Schnabel!“ Klatsch! bekam Hansjörg wieder eins auf den Mund. Der Bürgermeister selbst schlug diesmal zu, denn in dem stieg ein gewaltiger Ärger empor.

Was weiß aber ein dummes, unnützes Kasperle davon, wie ärgerlich es für einen Bürgermeister und seine Ratsherren ist, auf ein törichtes Gerücht hereinzufallen! Dem Kasperle kam die ganze Sache höchst spaßhaft vor. Er machte noch einmal schluck, schluck! und dann – lachte er, lachte, wie es nur ein Kasperle kann, mit weit aufgerissenem Munde.

Zuerst lachten alle Kinder mit, dann fielen die Erwachsenen ein. Das Kasperle selbst schüttelte sich, Hansjörg wackelte wie ein Uhrpendel hin und her, Maxel bog sich wie ein Bäumchen im Winde, Friedel setzte sich auf die Erde und Fritze fiel vor Lachen auf den Bauch.

Und auf einmal fing auch der Professor zu lachen an, so herzhaft, wie er in seinem ganzen Leben nicht gelacht hatte.

Selbst die Ratsherren schmunzelten, einer lachte sogar gerade heraus. Nur der Bürgermeister lachte nicht. Der war böse, arg böse. Jemine, bei unserem Bürgermeister gibt es bald ein Donnerwetter! dachte der Wachtmeister Stöterlein, der sich seinen Säbel vor das Gesicht hielt, weil er meinte, da könnte ihn niemand dahinter lachen sehen.

Und es gab ein Donnerwetter mit Blitz und Krach und großem Geschrei. Der Bürgermeister hatte das Kasperle vom Schreibtisch gerissen, der Kuchen purzelte hinterher, und eben holte er zu einem tüchtigen Hieb aus, als der Professor ihm die Hand festhielt. „Es ist doch nur ein Kasperle!" sagte er. „Wenn der auf einen solchen dummen Gedanken kommt, ich wolle ihn in Spiritus setzen, dann ist es eben ein Kasperlegedanke. Hm, freilich, mir scheint, andere Leute haben auch manchmal Kasperlegedanken!"

Wutsch! lief da einer zum Hause hinaus, noch einer. Der Wachtmeister Stöterlein war plötzlich verschwunden, drei Ratsherren sagten, sie hätten es sehr eilig. Die Stube leerte sich, das Haus leerte sich. Meister Severin konnte hineinkommen, und im Flur traf er mit dem Bürgermeister zusammen. Der sah aus wie eine dicke, zornige Hornisse. Er rannte ohne Gruß an jedem vorbei, rannte über den Kirchplatz, und zuletzt blieben nur die Kinder übrig. Professor Schnappel wurde sie nicht los, erst als Meister Severin sagte: „Kasperle, renne du voran, aber gleich nach Hause, ja nicht aufhalten!" da rannten auch die Kinder weg.

Sie wollten alle Kasperle in der Nähe sehen. Der purzelbaumte aber eins, zwei, drei! über sie hinweg und wutschte in Meister Severins Haus hinein; ehe Hansjörg ihn noch erreicht hatte, war er schon drin.

Frau Liebetraut, die just auch hatte auf den Kirchplatz hinausgehen wollen, verschloß flink die Türe. Kasperle aber steckte den Kopf durch ein kleines Flurfenster, schnitt erst ein Räubergesicht, dann grinste er, und zuletzt versprach er ihnen: „Heute nachmittag komme ich raus."

„Hurra, hurra!" brüllten die Kinder. „Fein wird das, fein!" Hansjörg aber versuchte gleich einen Purzelbaum zu schießen. Er stieß dabei Maxel an die Nase, verlor das Gleichgewicht und kollerte eine kleine Anhöhe hinab. Und die andern alle, Buben und Mädel, kollerten ihm vergnügt nach, gerade an des Bürgermeisters Hause vorbei.

Der sah es, hörte das Geschrei und brummte finster vor sich hin: „Ich werde der Prinzessin doch schreiben!" Was, das sagte er aber wieder nicht, das schluckte er wieder hinab.

Das feine Marlenchen kommt

Auf einmal hatte Kasperle viele gute Freunde in Torburg gewonnen, denn die ganze Stadt lachte über die Spiritusgeschichte. Da gab es gute Freunde, die jedesmal, so oft sie nur konnten, über den Kirchplatz liefen. Es gab Freunde, die Zuckerplätzchen mitbrachten und die Kasperle Dreierbrezeln schenkten. Es gab solche, die bettelten: „Mutter hat Kuchen gebacken, komm doch zu uns!" Es gab alte und junge Leute, die stehenblieben, wenn sie Kasperle trafen, ihm zuwinkten und fragten: „Wie geht's, Kasperle?" So viele Freunde hatte Kasperle in seinem Leben noch nicht gehabt. Christli wurde ordentlich eifersüchtig, aber Kasperle sagte stets zu ihm: „Du bist mein bester Freund."

Viele Freunde hatte Kasperle, aber auch einen bitterbösen Feind. Das war der Bürgermeister. Der vergaß die Spiritusgeschichte nicht. Und da er ein etwas rachsüchtiger Mann war, sann er darüber nach, wie er Kasperle aus Torburg entfernen könnte.

Davon ahnte Kasperle nichts. Der verlebte lustig seine Tage. Wenn er jetzt zu Christli wollte, dann machte er die Reise über des Professors Gartenmauer. Hopps! war er drüben, dann gab es ein Schwätzlein, und dann ging es weiter. Kasperle hatte keine Furcht mehr vor dem Professor. Viel eher hatte er ein wenig Angst vor Christlis Vater, weil der immer so ernst, fast finster dreinsah und dann so sehr dem Herzog August Erasmus glich. Aber bei Christli war es immer vergnüglich. Die Gräfin Agathe, die eigentlich noch eine recht hübsche, stattliche Frau war, war lieb und gütevoll zu dem Kasperle und sah seine Streichlein eben als rechte Kasperlestreichlein an.

Kam Kasperle aus des Fürsten Haus, dann warteten schon seine zweitbesten Freunde Hansjörg, Maxel, Fritz und Friedel auf ihn, und vor dem Mittagessen tobten sie erst noch einmal durch die Gassen.

Meister Severin ließ das Kasperle herumspielen, soviel es wollte. Die Waldhausleute wußten ja nun, in Torburg geschah Kasperle nichts, und das Fortlaufen, ja, davon hatte es genug. Nach dem Walde sehnten sie sich freilich alle, auch Kasperle, und es kam einmal vor, daß er bitterlich zu weinen anfing, als Christli vom Waldhaus erzählt haben wollte.

Ach, das Waldhaus stand ja nicht mehr! Und da sich, trotzdem die Prinzessin Maria nicht den Herzog August Erasmus geheiratet hatte, doch der Herzog mit seinem Nachbar aussöhnte, hätte Kasperle gar nicht mehr im Waldhaus wohnen können. Der Kasperlemann hatte berichtet, der Herzog sei eifriger denn je bemüht, das Kasperle zu fangen. Aber nach Torburg durfte er nicht hinein, das hatte der Fürst verboten. Darum konnte Kasperle im Städtchen herumkaspern, soviel er wollte. Es gab nur ein paar brummige Grillenfänger, die das Kasperle nicht leiden mochten, die meisten hatten den kleinen Schelm gern und freuten sich, wenn sie ihn in seinem grasgrünen Kittel von weitem sahen.

Kasperle trug ein grasgrünes Wämslein nach dem andern ab, aber er wollte keine andere Farbe, und als ihm einmal Frau Liebetraut ein blaues nähen wollte und er das dem Christli erzählte, bettelte der „Grün, ach bitte, grün!“

Christli war noch immer ein sehr blasser Knabe. Er spielte wohl einmal ein wenig auf dem Kirchplatz mit den andern Kindern, aber viel Lust hatte er nicht dazu. Am liebsten war er mit Kasperle allein, wie das Marlenchen. Von der kleinen gemeinsamen Freundin sprachen die beiden oft, und vielleicht kam darum Marlenchen eines Tages angefahren, weil sie so große Sehnsucht spürte.

Wieder einmal kopfkegelte Kasperle in Christlis Gärtchen hinein, und er rollte noch über den kleinen Rasenfleck, als er auf einmal ein Glöckchen klingen hörte, fein und hell. Da streckte er sich lang aus, starrte um sich, denn wo war er auf einmal?

Und da sah er Marlenchen stehen. Die lachte über des Kasperles großes Erstaunen, kam näher und tippte ihn sacht mit einem Fingerlein an. „Kasperle, kennst mich wohl nicht mehr?“

Jemine, Kasperle und das Marlenchen nicht kennen! Heidi, hopsassa! sprang er empor, und im nächsten Augenblick tanzte er mit dem Marlenchen im Garten umher und sang dazu:

„Marlenchen ist da,
Trallalala!“

„Was schreit Kasperle nur gar so arg?“ fragte die Gräfin, die in den Garten kam.

Marlenchen hielt sich beide Hände vor ihr Gesichtlein und rief kichernd: „Aber er singt doch!“

Ja, wenn Kasperle sang, das klang freilich nicht so schön, wie wenn es Frau Liebetraut tat. Er sang aber gleich noch einmal, als Marlenchen erzählte, sie würde nun vier lange, schöne Sommerwochen bleiben. „Bis Jahrmarkt gewesen ist,“ fügte sie hinzu.

Richtig, es stand ja Jahrmarkt bevor in Torburg. Der war weit bekannt, und viele Leute kamen dazu in die Stadt.

„Was willste denn auf dem Jahrmarkt?“

„Doch mal ein Kasperle sehen!“ rief Marlenchen schelmisch.

Da drehte und wand sich Kasperle, schnitt Gesichter und schrie: „Dann brauchste nicht auf den Jahrmarkt gehen; hurra, jetzt gibt's 'ne Vorstellung!“

Und es gab eine lange, lustige Vorstellung, und es gab einen ganz vergnügten Vormittag. Selbst Fürst Helmrich, der in seinem Studierzimmer saß, lachte manchmal, wenn der fröhliche Lärm immer heller anschwoll. Und zuletzt gab es noch eine wundervolle Überraschung. Marlenchens Vater besaß einen Garten vor dem Tore, neben Meister Helmers Garten war er, dort sollten die Kinder von jetzt an spielen. Es war ein richtiger großer Garten, der an dem Stadtwald endete. Man konnte sich darin verstecken, konnte auch bei schlechtem Wetter darin sitzen, denn der Garten hatte ein wunderniedliches, kleines Gartenhaus.

Kasperle wäre am liebsten eiligst hingelaufen, aber erst mußte er Mittag essen, und nachmittags hatte er seinen vier neuen Freunden und Meister Christoph versprochen, ihnen etwas vorzukaspern. Und Marlenchen sagte: „Sein Wort muß man halten. Ich gehe mit dir. Den ganzen Tag darf Christli noch nicht spielen.“

Da kasperte denn Kasperle am Nachmittag in der Schmiede, und das feine Marlenchen im weißen Kleid saß da wie ein Sternenprinzeßlein. Die Buben und Trudel und Marie, Maxels und Hansjörgs Schwestern, staunten sie an. Zuerst sahen sie beinahe nur das Marlenchen, bis das plötzlich zu lachen anfing, weil Kasperle ein Gesicht machte wie ihr guter alter Eicke Pimperling. Und Marlenchens Lachen steckte die andern an. Meister Christoph vergaß seine Arbeit, die Buben ihre Schulaufgaben, so lustig wurde es. Zuletzt vergaßen sogar Trude und Marie ihre Scheu vor dem feinen Marlenchen und hockten sich neben sie, und Marlenchen gab jeder eine Hand, und so saßen sie einträchtig wie alte, gute Freundinnen zusammen.

Hatte je die alte Schmiede so viel Lachen gehört! Es weiß niemand, ob sich die rußgeschwärzte Decke, der Amboß, die alten Holzstühle nicht arg darüber verwunderten. Wer kann so etwas sagen! Das Feuer glimmte nur leise, Kasperle stand im rosenroten Schein und trieb seine Narrenspossen. Aber auch Marlenchen saß fein und weiß im rosigen Licht. Und als sie Kasperle einmal ansah, schrie er plötzlich: „Hach!“ und fiel klatsch um.

„O Kasperle, was fehlt dir denn?“

„Er lacht so sehr,“ rief Hansjörg. Denn Kasperle hielt sich die Hände vor das Gesicht.

„Nein, er – weint,“ sagte Marlenchen tief erschrocken.

Ja wirklich, er weinte. Das lustige, unnütze Kasperle weinte ganz bitterlich.

Warum denn nur? Sie fragten es alle. Und alle Buben wollten Kasperle streicheln und trösten. Aus Marlenchens Gesichtlein aber schwand aller Frohsinn und Trude und Marie streichelten Marlenchen, ja Trude sagte sogar etwas vorwurfsvoll: „Aber Kasperle, Marlenchen wird auch gleich weinen!“

„Nä, das soll se nicht.“ Wupps! war Kasperle wieder auf, er wischte sich die Tränen aus den Augen, grinste schon wieder und sagte: „Ich möchte nur mal so aussehen wie – Marlenchen. Immer muß ich ein hääääßliches Kasperle sein, huhuhu!“ Da ging das Geheule schon wieder los.

„Aber Kasperle,“ rief Marlenchen, „so gefällst du mir doch gerade, weil du so ein nettes Kasperle bist!“

Da riß Kasperle seinen Mund wie einen Scheffelsack auf. Hui! flog der Kummer zur Schmiede hinaus, und Kasperle fing wieder an zu kaspern. –

Obgleich nun für Kasperle keinerlei Gefahr mehr bestand, riefen die Buben nachher doch: „Wir schützen dich, wir bringen dich heim.“

„Und wir dich,“ sagten Trude und Marie noch ein wenig schüchtern zu Marlenchen.

Und so wanderten sie alle miteinander heim. Voran gingen ganz feierlich und ein wenig steif die drei Mädel, hinterher kamen mit etwas Geschubse und Gepuff, mit Lärm und Lachen die vier Buben und Kasperle. Und als sie um eine Gassenecke bogen, kam es so, daß die braven, feierlichen Mädel schon voran waren und die lachenden, unnützen Buben gerade mit dem Bürgermeister zusammenprallten.

Huch, schnitt der ein Gesicht! „Geht aus dem Wege!" raunzte er die fünf an.

Die Mädel drehten sich ganz erschrocken um, und Kasperle, der den Feind im Bürgermeister wohl merkte, zeigte mit dem Fingerlein auf ihn und wollte leise zu Marlenchen sagen: „Das ist er." Aber ihm rutschte seine Stimme aus wie ein Schlitten auf der Eisbahn, und er brüllte die stille Gasse entlang: „Das ist er!"

„Aber Kasperle!" Marlenchen wurde ganz blaß. Der Bürgermeister aber drehte sich um, hob seinen Stock und – da war die Gasse leer.

Marlenchen wurde von allen Kindern gezerrt und geschoben, denn sie konnte vor Angst kaum gehen. Etwas aufgeregt langte die kleine Schar auf dem Kirchplatz an, über den Frau Liebetraut daherkam. Kasperle lief gleich zu ihr hin und berichtete sein neuestes Erlebnis. „Er kann mich nicht leiden, er ist mein Feind," sagte er. Dazu setzte er ein bitterböses Prinzessinnengesicht auf.

„Aber Kasperle, in der Stadt zeigt man doch nicht mit – Um Himmels willen, Kasperle, was machst du?"

Ja, was machte Kasperle? Er streckte lang seine Zunge heraus, zog drei tiefe Falten über die Stirn und schrie: „So seh' ich ihn 's nächste Mal an."

„Das laß du lieber bleiben. Sonst verbietet er dir noch das Wohnen in Torburg," sagte Frau Liebetraut, „und dann kannst du ja wohl wieder zum Herzog ziehen. Ich glaube, da kommt der Herr Bürgermeister zurück."

Wutsch! war das Kasperle im Hause verschwunden. Die Kinder lachten alle, Frau Liebetraut lachte mit über das mutige Kasperle, denn just lief keine Maus über den Kirchplatz; von dem gestrengen Herrn Bürgermeister war nicht einmal eine Nasenspitze zu sehen.

„Kasperle, morgen früh auf Wiedersehen!" Marlenchen steckte den Kopf durch die Türe. Da saß Kasperle innen niedergeschlagen auf der Treppe und brummelte unwirsch vor sich hin: „Er ist doch mein Feind!"

„Bewahre, Kasperle!“ Marlenchen nickte dem kleinen Unnützling noch zu, dann ging sie in das Haus des Fürsten zurück, denn dort war sie als Gast; die Gräfin Agathe war ihre Tante.

Die andern Kinder liefen auch heimwärts, und die vier Buben spielten an diesem Abend auch „Kasperle“ zu Hause. Dabei zerschlug Hansjörg einen Milchkrug, und Fritze fiel mit seinem blonden Schopf in den Suppenteller. Die Eltern sagten, nötig wäre so etwas gerade nicht, aber ein bißchen lachen taten sie doch alle. Und böse waren sie dem Kasperle auch nicht. Nur die Eierfrau Grumbach, die neben Fritzes Elternhaus ihr Büdchen hatte, schalt, es sei gerade so, als ob in Torburg ein Gespenst herumgeisterte, denn etwas wie ein Gespenst sei das Kasperle.

„Ha, fein!“ schrie Fritze. „Ich will ihn mal fragen, ob er bei dir herumgeistern will. Dann sollste mal sehen!“

Doch davon mochte die Eierfrau nichts wissen. Ja, sie zeterte, und als sie am nächsten Morgen etliche zerbrochene Eier aus ihrem Eierkorb heraussuchte, da rief sie: „Gewiß hat der Kasper heute nacht hier herumgegeistert!“

„Ich sag's ihm!“

Daß der Fritze doch auch alles hören mußte! Frau Grumbach war sehr ärgerlich, und sie rief dem Buben noch nach: „Ich werfe dem Kasper alle schlechten Eier an den Kopf. Da, wie dir!“ Und schwapp, schwapp! warf sie zwei Eier, aber leider traf eins die Frau Bürgermeisterin, die gerade einkaufen wollte, und rann als gelbe Tunke von dem neuen Sommerkleid herab. Das andere fiel dem Schuster Feierabend in den Schoß, der gegenüber auf seiner Hausbank saß und ein paar Schuhe flickte. Wütend warf er Frau Grumbach die Schuhe zu. „Da, das sind Ihre!“ Einer davon rutschte in das Sirupfaß, das der Türe nahe stand.

Da gab es viel Geschrei und Geklage im Gäßchen. Und Frau Grumbach blieb dabei, dies alles sei Kasperles Schuld. Auch die Frau Bürgermeister sagte dies zu ihrem Mann. Da schlug der mit der Faust auf den Tisch und schrie: „Ja, er muß fort, er darf nicht in Torburg bleiben.“

„Vielleicht nimmt ihn der Kasperlemann mit, wenn Jahrmarkt ist," sagte die Frau Bürgermeisterin.

„Oder –" Der dicke Herr Bürgermeister schluckte, und niemand erfuhr, was „oder" bedeuten sollte, selbst seine Frau nicht, soviel sie ihn auch fragte. Wenn der Bürgermeister nicht reden wollte, sagte er „Punktum!", und dann half alles Gefrage eben nichts mehr.

Im Garten vor dem Tore

Von all den Untaten, die man ihm zuschrieb, ahnte das Kasperle nichts; kein Wörtlein wußte er davon. Er wachte putzmunter auf, schmauste vergnügt sein Frühstück, hörte ein Weilchen still und fromm Meister Severin zu, und dann flitzte er in den Garten und purzelbaumte über das Mäuerlein, schwätzte mit dem Professor Schnappel und langte endlich bei Christli und Marlenchen an.

Die standen schon wohlausgerüstet da, der Diener setzte nun Christli, dem das Gehen noch etwas zuviel wurde, in einen kleinen Wagen, und fort ging es durch das Städtchen vor das Tor in des Herrn von Lindeneck Garten. Wer auf der Straße war, schaute dem Zuge nach.

„Das ist Prinz Christli. Wie blaß er noch aussieht!" riefen ein paar Frauen.

„Ei, und das feine Marlenchen ist da!"

„Ja, und sie geht mit dem Kasperle!"

Kasperle blähte sich auf wie ein Fröschlein, das gerade quak, quak! geschrien hat. Er bemerkte wohl die bewundernden Blicke und sah das feine Marlenchen an, als gehöre die ihm ganz allein. Potzhundert, wer hatte im Städtchen noch eine solche Freundin!

„O Kasperle, du fällst ja!"

Da lag Kasperle schon auf seiner Nase, die er allzu hoch in die Luft erhoben hatte. Ein wenig verdattert stand er auf, Marlenchen putzte ihm schnell sein grünes Wämslein zurecht, und weiter ging es.

Ein paarmal mahnte Marlenchen: „Kasperle, du mußt nicht so sehr in die Luft gucken, du fällst ja!“ Doch Kasperle fiel nicht mehr, und der kleine Zug gelangte ohne Unfall bei dem alten Gärtner Helmer an.

Der begrüßte alle sehr freundlich. Marlenchen kannte er auch schon, und er sagte, sie sollten nur durch seinen Garten fahren, da ginge es schneller.

Sie fuhren die Wege entlang, die Kasperle so wohlbekannt waren, und kamen in des Herrn von Lindeneck Garten. War der schön! So viele Büsche standen in Blüte, und die Wege säumten bunte Blumen ein. Und dann kam das Gartenhaus. Das war wie ein kleines, zierliches Schloß gebaut. Marlenchen schloß es auf, und Kasperle sah in eine wunderfeine kleine Stube hinein. Da gab es einen zierlichen Tisch, gab vergoldete Stühlchen, gab ein Schränkchen mit feinem Geschirr, und Marlenchen sagte: „Hier schmausen wir.“

„Gleich!“ schrie Kasperle.

„Nein, aber Kasperle, du kannst doch noch nicht hungrig sein!“

Marlenchen sah ihr Kamerädle ein wenig vorwurfsvoll an, und Kasperle setzte sich beschämt auf einen Stuhl.

Ja, aber was war denn das? „Dideldideldei, dumdumdalla!“ klang es, und Kasperle blickte sich ganz verdutzt um. Wer spielte denn da?

Marlenchen und Christli lachten, und da merkte Kasperle endlich, das Stühlchen, auf dem er saß, spielte. War das fein! Am liebsten hätte sich nun Kasperle immerzu auf den Stuhl gesetzt, doch Marlenchen mahnte: „Wir wollen wieder in den Garten hinausgehen!“

Christli wurde in die Sonne gefahren, und nun fing ein fröhliches Spielen an. Die Stunden rannten davon, husch, vorbei! husch, vorbei! Und auf einmal sagte Marlenchen: „Jetzt essen wir Mittag!“

„Ich muß nach Hause!“ schrie Kasperle erschrocken. Doch Meister Helmer, der mit einem verdeckten Korb in den Garten kam, sagte, Herr Severin wisse ja, wo Kasperle sei, er solle nur hier bleiben.

„Muhme Agathe hat es Frau Liebetraut gesagt,“ rief Marlenchen, „wir dürfen den ganzen Tag bleiben.“

Den ganzen Tag im Garten bleiben dürfen, das war so schön, wie im Waldhaus zu sein.

Nach Tisch mußte Christli schlafen. Marlenchen und Kasperle aber liefen stille, schattige Wege entlang. Sie kamen an ein winziges Wäldchen, hörten ein Quellchen rinnen und sahen plötzlich auf eine weite Wiese. Dahinter lag Wald, stiegen Berge an, und Marlenchen zeigte mit der Hand dorthin: „Da liegt Schloß Lindeneck.“

„Und Himmelhoch.“ Kasperle sah gleich wieder bitterböse aus, aber Marlenchen strich ihm mit einem Fingerlein über die krause Stirn. „Darfst nicht so böse dreinsehen.“

„Er ist doch böse, und sie ist noch böser!“

Marlenchen wußte gleich, daß ihr Freund den Herzog und die Prinzessin Gundolfine meinte, und sie sagte bedrückt: „Ja, böse sind sie schon. Aber weißt du, ich denke immer, der Herzog hat nur sein Herztürle zugeschnappt. Macht er's auf, dann wär' es schon gut.“

„Nä, der hat gar keine Türe,“ brummte Kasperle.

„Was denn?“

„Ein Kellerloch!“

Da mußte Marlenchen lachen, und Kasperle lachte mit. Sie setzten sich beide auf die niedrige Mauer, schauten über die Wiese nach dem Walde hin, und Marlenchen erzählte ihrem kleinen Freund von Christli, seinem Vater und von der guten Muhme Agathe, ihres Vaters Base. Deren Schwester war Christlis Mutter gewesen. Weil sie aber nur Gräfin, nicht Prinzessin gewesen war, hatte Prinzessin Gundolfine so lange gescholten und dem Herzog die Ohren vollgebrummt, bis der sich mit seinem Bruder gezankt hatte. Damals war der Fürst Helmrich nach Torburg gezogen. Ein Jahr vor Kasperles Ankunft bei Meister Helmer war es gewesen.

„O je,“ schrie Kasperle, „da hätte ich ja Christli schon besuchen können!“

„Aber du dummes Kasperle! Da hat er ja noch gar nicht gelebt!“ Kasperle seufzte schwer, und dann fing er herzbrechend zu weinen an.

„Kasperle, was fehlt dir? Dummes Kasperle, mußt nicht weinen!“

„Ich bin schon so alt,“ schluchzte Kasperle, „und – und – ihr wachst alle groß und – ich – ich bleib' immer klein!“

„Aber ich bleibe doch deine Freundin wie Rosemarie und Frau Liebetraut, auch wenn ich groß bin,“ versprach tröstend das Marlenchen.

„Aber heiraten tuste mich nicht!“ schluchzte Kasperle.

Marlenchen kam es furchtbar komisch vor, daß Kasperle ans Heiraten dachte; sie lachte und lachte. Die Lerchen, die zum blauen Himmel aufflogen, wunderten sich, was da unten am Wiesenrand so wunderlieblich klang. Beinahe ein bißchen eifersüchtig wurden sie. Saß da gar vielleicht eine fremde Lerche auf dem Mäuerlein?

Marlenchens Lachen steckte Kasperle an. Er lachte mit, lachte so laut und vergnügt, daß auf einmal von ferne ein Rufen und Singen kam:

„Wer lacht da so?
Hallallala!
Wer ist so froh?
Tidallala!
Ich kenn' die Stimme, kenn' den Klang:
Der Kasper lacht am Wiesenhang.“

„Florizel!“ schrie Kasperle.

Ja, es war wirklich Florizel, der da vor den Kindern auftauchte. Er setzte sich zu den beiden, erzählte von der Hochzeit im Fürstenschloß und daß er nun eine weite, weite Reise machen wolle.

„Wohin?“ fragte Marlenchen.

„Rate einmal!“

„Nach Italien?“

„Falsch! Weiter, weiter!“

„Nach Ägypten wie die Störche?“

„Pah, so nah! Nach Indien will ich mindestens reisen.“

„Suchste meine Insel?“ fragte Kasperle nachdenklich.

„Vielleicht finde ich sie, dann hole ich dich. Vielleicht treffe ich in der weiten Welt auch dein Michele und die schöne Rosemarie,“ sagte Florizel.

„Nimm mich mit!“ bat Kasperle gleich.

„Du kannst doch Marlenchen nicht verlassen und die Waldhausleute!“

Nein, das konnte Kasperle nicht. Er trug aber dem lustigen Spielmann hunderttausend Grüße und noch ein paar darüber auf. Marlenchen pflückte Florizel flink ein Sträußchen zum Andenken, und dann nahm der lustige Spielmann Abschied von den beiden.

Drei Schritte war er gegangen, da drehte er sich noch einmal um und rief: „Kasperle, geh nie allein! Die Prinzessin Gundolfine will dich fangen und dann dem Herzog schenken. Sie denkt nämlich, dann wird er sie zu seiner Frau Herzogin machen.“

„Hach!“ Kasperle fiel rückwärts vom Mäuerlein in den Garten zurück, der Spielmann trällerte noch:

> „Kasperlein, Kasperlein,
> Hüt' dich fein
> vor der Prinzessin im Nachbarland!
> Sie hat eine böse, böse Hand,“

und dann lief er davon.

Kasperle blieb stumm und steif am Boden liegen, und erst allmählich rappelte er sich empor. Er kehrte aber mit Marlenchen so tief betrübt zu Christli zurück, daß der ganz erschrocken nach des Freundes Kümmernissen fragte.

Angst vor der Prinzessin Gundolfine! Diesmal lachte Christli den sonst so lachlustigen Freund aus. „Die darf ja gar nicht ins Land! Der Fürst ist meines Vaters Freund, der hat ihr das Hereinkommen verboten. Vor der Prinzessin brauchst du keine Angst zu haben.“

Kasperles Angst flog denn auch nach diesen Trostworten gleich davon wie ein Schmetterling. Bald dachte er gar nicht mehr daran, und die weiteren Tagesstunden vergingen den drei Kameraden in heiterem Frohsinn.

Viel zu früh, meinten alle drei, war die Heimgehstunde gekommen.

„Noch ein paar Minuten!“ bettelten sie.

Doch die Gräfin Agathe, die die drei holen kam, schüttelte den Kopf. Christli mußte ins Bett gehen. Wer so lange krank gewesen war, der mußte noch brav sein und sich pflegen lassen. „Morgen ist wieder ein Tag!“

Ja, morgen und morgen und wieder morgen und immerzu morgen. Heisa! Kasperle machte einen Kopfstand vor Vergnügen über die vielen Tage, die kommen würden.

Nachher tobte er noch ein Weilchen mit seinen andern Freunden auf dem Kirchplatz herum. Der Bürgermeister ging zum ersten Male an diesem Tage über den Platz, und dabei hörte er Kasperle lachen, und er brummte vor sich hin: „Immer lärmt dieses schreckliche Kasperle herum. Ich begreife Meister Severin nicht, daß er sich den Unwirsch im Hause hält.“

Meister Severin aber saß inzwischen an der Orgel in der Kirche und spielte wunderherrlich. Kasperle hörte das Spielen und lief ihm nach. Er stand dann still im Kirchenwinkel, und die schöne Frau Liebetraut fand das kleine Kasperle ganz tränenüberströmt dem Spiele lauschend.

„O Kasperle, was fehlt dir?“

„Ich möcht' heim!“

Da fragte Frau Liebetraut nicht: Wohin? Sie ahnte, daß in des Kasperles kleinem Herzen wieder die Sehnsucht nach einer fernen, schönen Urheimat wach geworden war. Sie nahm den kleinen Schelm und führte ihn sacht zu Mutter Annettchen und Meister Friedolin. Die saßen beide geruhsam auf einer Bank im kleinen Gärtchen, und beide riefen sie: „Endlich kommt unser Kasperle!“

Da war das Kasperle einmal wieder daheim bei denen, die es liebten, und es vergaß seinen Kummer und flitzte im Gärtlein auf und ab, flitzte auch über die Mauer und fiel dem guten Professor beinahe in seine Abendsuppe. Doch der schalt nicht, er sah nur das Kasperle wieder einmal kopfschüttelnd an und sagte: „Merkwürdig, sehr merkwürdig! Ich könnte das nicht.“

„So über die Mauer purzelbaumen?“ fragte von drüben herüber Meister Friedolin lachend.

Und dann lachten sie alle, hüben und drüben, bei dem Gedanken, der Professor, dieser hochgelehrte Herr, könnte anfangen, Purzelbäume zu schießen.

Kasperle lachte am meisten, und er lachte so lange, bis er vor Müdigkeit beinahe umfiel.

Ihm brauchte nachher niemand mehr ein Wiegenlied zu singen; er schlief im Umsehen ein und schlief einem neuen, schönen Tag entgegen.

Am andern Morgen glänzte die Sonne wieder, und wieder zogen die drei Kamerädles in den schönen Garten. Wieder verlebten sie dort einen wunderschönen Tag, und wieder kam ihnen viel zu früh die Heimgehstunde. Aber wieder blickten viele Menschen den drei Kindern freundlich nach, und wieder brummte der Bürgermeister, als er Kasperles Stimme hörte. Und weil die Kinder gerade Greifen spielten, schrie Kasperle, wobei er Hansjörg meinte: „Da ist er, halt ihn, halt ihn!“

Der Bürgermeister drehte sich wütend um. „Warte du!“ rief er wütend.

Aber da jagte die ganze Schar just in ein Gäßlein hinein, und der gestrenge Herr merkte wohl, er war nicht gemeint gewesen. Dies ärgerte ihn noch mehr, und als er am Abend heimkam, ging er in sein Arbeitszimmer und schrieb einen Brief, einen langen, wichtigen Brief.

Am nächsten Morgen, gerade als die drei Freunde nach dem Garten wanderten, trafen sie eine alte Frau. „Hach," kreischte Kasperle, „das war die Base Mummeline!"

„Wo denn, wo denn?" Marlenchen drehte sich wie ein Kreisel rundum, aber da war niemand und nichts zu sehen. „Kasperle, du träumst," rief sie.

Da es auch Christli sagte, glaubte Kasperle schließlich selbst, er hätte es geträumt. Und just, als er ein Gesicht wie die Base Mummeline machte, schlich die in des Bürgermeisters Haus hinein und holte den langen, wichtigen Brief, um den heimlich fortzutragen.

Auf dem Torburger Jahrmarkt

Die drei Kameraden verlebten lustige Tage zusammen. War der Himmel einmal grau und regenverhangen, dann schrie Kasperle wohl: „Heute wird's nicht fein," aber es wurde doch immer fein.

Abends spielte dann Kasperle immer mit seinen andern Torburger Freunden zusammen. Einmal waren auch Christli und Marlenchen mitgekommen, aber der Doktor hatte dann gesagt, das Gebrüll sei zu groß, das halte Christli nicht aus. Nur Trude und Marie durften in den Garten kommen und Marlenchen besuchen, die brüllten nicht gleich so furchtbar, wie es Hansjörg zum Beispiel tat. Der dachte nur: Ich will wie Kasperle werden. Seit seiner Freundschaft mit diesem schrie und zappelte er, daß es seiner Mutter manchmal himmelangst wurde. Das schlimmste aber war, man verglich ihn mit einem Affen; daß er kaspern lernen wollte, darauf kam niemand.

Es ist schon schlimm, wenn einer so verkannt wird! Manchmal war Hansjörg ganz wütend, aber wenn gegen Abend Kasperle wieder auf den Kirchplatz geflitzt kam, dann wurde er gleich guter Laune. Und immer mehr redeten Kasperles lustige Spielkameraden von dem Jahrmarkt.

Eines Tages sagten sie sogar: „Morgen fangen sie an, Buden aufzustellen.“

Da lief Kasperle gegen Abend, als er aus dem Garten heimkam, noch flink mit nach dem Platz, auf dem der Jahrmarkt aufgebaut wurde, und sah da zu seinem großen Erstaunen auch schon den Kasperlemann. Der stand zwischen zwei grünen Wagen mit seinem Karren und sah ein bißchen trübselig drein.

„Hallo!“ schrie Kasperle und kitzelte mit seinem Fuß den Kasperlemann an der Nase.

„Jegerl,“ rief der, „so etwas kann doch nur Kasperle! Halloho, gut, daß ich dich wiedersehe, Kasperle! Wie geht es, wie steht es?“

„Gut!“ schrie Kasperle und schlug einen Purzelbaum. Dabei kam er auf den größten der grünen Wagen zu sitzen. Drinnen verschluckte sich die Riesendame vor Schreck über den Puff an ihrem Kaffee; sie bekam Husten, und ihr Mann, der ganz klein und dünn war, schrie immerzu: „Sieh an die Decke, sieh an die Decke!“

Ja, da sah die Riesendame ein Kasperlebein, denn Kasperle war damit durch ein Loch gerutscht. Weil Kasperle aber nicht kunterbunt angezogen war, sondern sein grünes Seidenröcklein trug, sagte die Riesendame: „Es hängt ein riesengroßer Laubfrosch an der Decke!“

Kasperle zerrte und zog, und gerade hatte er sein Bein zurückgezogen, als er hörte, die Riesendame hielt ihn für einen Laubfrosch. Er mußte darüber so ungeheuerlich lachen, daß sein Gelächter über den Platz schallte.

„Der Laubfrosch lacht!“ Die Riesendame war, was für eine Riesendame eigentlich nicht schicklich ist, sehr schreckhaft, und dann fiel sie um.

Pardauz! da lag sie, ihr Kaffeetopf auch, und ihr Mann jammerte: „Meine Riesendame ist tot!“

„I bewahre!“ Der Kasperlemann steckte den Kopf zur Wagentüre hinein und rief: „Frau Müllern, jetzt werden die ersten Schmalzkuchen gebacken!“ Und heidi! stand die Riesendame auf, wutsch! war sie draußen, und nun riß Kasperle den Mund vor Erstaunen auf: die Riesendame schmauste Schmalzkuchen, sie war also kein bißchen mehr tot!

„Ich will auch Schmalzkuchen," rief er und purzelbaumte vom Wagendach herab. Es fand sich aber, daß die Buben alle kein Geld hatten. Wer kann denn auch wissen, daß es einen Tag vor Anfang des Jahrmarktes Schmalzkuchen zu schmausen gibt!

Der Kasperlemann hatte auch kein Geld. Ganz traurig sagte er es, und dabei schielte er hungrig und sehnsüchtig nach der Kuchenbude hin.

„Warum haste denn keins?" fragte Kasperle erstaunt. Der dachte an die vielen Gröschlein und Taler, die er verdient hatte.

„Ach, Kasperle, seit du nicht mehr bei mir bist, habe ich keinen Heller eingenommen!" klagte der Kasperlemann traurig. „Und gestern habe ich noch meinen Geldbeutel verloren." Seitdem hatte er nichts mehr zu essen gehabt.

Das war freilich schlimm. Aber Kasperle war unverzagt. Er rannte zur Kuchenbude hin, drängte sich vor und schrie: „Ich bin das einzige lebendige Kasperle, ich möchte 'n Schmalzkuchen geschenkt haben."

So etwas! Von dem Kasperle wußten alle, aber niemand hatte vermutet, ihn hier auf dem Jahrmarkt zu treffen.

„Der Laubfrosch!" rief die Riesendame entsetzt.

„Nä, ich bin Kasperle."

„Da haste 'n Schmalzküchle." Die Budenfrau hielt Kasperle einen schönen, großen Kuchen hin. Der nahm ihn, wog ihn auf der Hand und sagte: „Noch einen, davon wird er nicht satt."

„Wer denn?"

„Der Kasperlemann."

Kasperle erzählte mit schallender Stimme von dessen Verlust, und gleich rief die Budenfrau: „Da, bring ihm den Teller voll!" Sie hielt Kasperle einen ganz großen Teller Schmalzkuchen hin, und ein Mann, der neben ihm stand, schrie laut: „Man muß ihm helfen. Groschen her!"

Da flogen die Gröschlein aus den Hosensäcken; jeder wollte dem Kasperlemann helfen, und Kasperle durfte ihm alles hintragen, die Schmalzkuchen auch. Das wurde ihm ein bißchen schwer, und um das gute Düftlein nicht immer riechen zu müssen, streckte er die Nase immer höher in die Luft, und Hansjörg mahnte: „Kasperle, nimm dich in acht!“

Dann lag Kasperle wirklich mit Küchlein und Gröschlein auf dem Wiesenplan, und der Kasperlemann mußte sich seine guten Geschenke zusammensuchen. Er fand auch alles wieder, und er war gut, denn er aß nicht sämtliche Küchlein allein, sondern gab den Buben auch zu kosten. Und dann lobte er Kasperle noch sehr und sagte, der sei wirklich ein getreuer Freund.

Na, da soll einer nicht stolz nach Hause gehen, wenn er so genannt wird! Selbst die Riesendame sagte, wenn sie gewußt hätte, daß so ein nettes Kasperle auf ihrem Wagen säße, dann hätte sie sich nicht gefürchtet.

Kasperle wanderte ganz stolz dem Kirchplatz zu. Und weil er so viel gelobt worden war, dachte er, nun könne er auch wieder seine Nase in die Luft strecken.

„Du fällst!“ mahnten wieder ängstlich seine Freunde.

Aber Kasperle fiel nicht. Er fing nur plötzlich an zu rennen, rannte und rannte bis auf den Kirchplatz. Dort legte er sich mitten auf den Platz und schrie: „Hach, sie war's!“

„Wer denn? Aber Kasperle, was fehlt dir denn?“ Die Kinder umdrängten ihn alle. Kasperle verdrehte seine Augen schrecklich, stöhnte und ächzte jämmerlich, und Hansjörg sagte auf einmal: „Er hat zuviel Schmalzküchle gegessen, ihm ist übel.“

„Nä,“ schrie Kasperle entrüstet, „von den paar Küchle! Sie ist da!“

„Wer denn?“

„Die Prinzessin!“

Oh, die Kinder kannten alle Kasperles Abenteuer gut! Sie wußten auch gleich, er meinte die Prinzessin Gundolfine.

„Wo ist sie denn?“

„Sie hat aus einem Hause rausgeschaut.“

„Aus welchem Hause?“

O über das dumme Kasperle! In seiner Angst hatte er das Haus vergessen, hatte es sich gar nicht recht angesehen.

„Es kann vielleicht der Rote Ochse oder das Silberne Lamm gewesen sein,“ sagte Maxel. „An beiden Wirtshäusern sind wir vorhin vorbeigelaufen.“

„Der Rote Ochse war's, da hat Kasperle geschrien.“

„Ja, ja, da hat er geschrien.“

„Wir gehen und sehen nach, ob sie dort wohnt,“ riefen Maxel und Fritze.

„Wir gehen mit.“ Ein paar schlossen sich noch an, alle rannten zum Roten Ochsen hin und liefen hinein. Sie kamen aber sehr geschwinde wieder heraus, denn der Ochsenwirt war ein grober Mann, der fing ein ungeheures Geschimpfe an. Er nahm die Frage, ob eine Prinzessin im Roten Ochsen wohne, für einen Schabernack, und er redete sehr ungemütlich vom Stock, von Katzenköpfen und anderen unfreundlichen Dingen.

Im Silbernen Lamm ging es den Fragern nicht besser. Sie wurden zwar nicht ausgescholten, aber ausgelacht. „Ihr verkaspert noch ganz,“ sagte die Wirtin. „Eine Prinzessin? Jemine, es ist noch nie einer eingefallen, bei uns zu wohnen! Wer weiß, wen Kasperle erblickt hat! Hier in Torburg tut ihm niemand etwas. Nun marsch, hinaus!“

Da liefen die Kinder wieder aus dem Silbernen Lamm hinaus, am Bürgermeisterhaus vorbei, das zwischen den Gasthäusern lag. Auf dem Kirchplatz saß Kasperle am Boden, er wartete, und ein paar Kinder warteten mit ihm. Er war tief enttäuscht, daß die Prinzessin nicht da war, und gleich machte er alle seine Prinzessinnengesichter, zog die Nase kraus und schief, sah böse drein, lächelte honigsüß, und das Jauchzen der Kinder gellte über den Kirchplatz.

Endlich tat Herr Severin die Tür auf und rief Kasperle, er solle hereinkommen.

„Schon," riefen alle. „Es ist noch so früh!"

„Es ist Zeit zum Abendessen."

„Ich hab' Hunger!" Kasperle sprang auf, lief in das Haus hinein, drehte sich an der Türe um und schnitt noch einmal ein Teufelsgesicht. Die Kinder lachten, schauten sehnsüchtig ihrem kleinen Kameraden nach und sagten: „Morgen wird's fein, da fängt der Jahrmarkt an."

Kasperle vergaß über dem Abendessen seine Angst; er dachte nicht mehr an die Prinzessin Gundolfine. Erst am nächsten Morgen, als er mit Christli und Marlenchen im Garten spielte, fiel es ihm wieder ein, was ihn gestern erschreckt hatte. Er erzählte den Kameraden davon, und die sagten: „Du hast geträumt."

Christli schüttelte den Kopf.

„Vielleicht ist sie zum Jahrmarkt gekommen," brummte Kasperle.

Christli und Marlenchen lachten ihn aus und sagten „Unsinn!", und alle drei redeten sie dann vom Jahrmarkt und vergaßen darüber die Prinzessin.

Marlenchen durfte am Nachmittag mit auf den Jahrmarkt gehen. Christli noch nicht. Der Doktor tröstete: „Im Herbst, da gibt es wieder einen."

Also wanderte Kasperle am Nachmittag mit dem feinen Marlenchen auf den Jahrmarkt. Frau Liebetraut wollte mitgehen, aber das kleine Lottchen war krank, da konnte sie nicht.

Ja, potz Wetter, der Torburger Jahrmarkt konnte sich sehen lassen! Da gab es wunderschöne Buden. „Schöner kann man es in einer großen Stadt, in der ein König wohnt, nicht finden," sagten die Torburger immer.

Einmal hatte einer, der immer alles besser wissen wollte, gesagt, in Berlin, Paris oder London oder gar in Wien könnte es vielleicht noch schöner sein. Dem war es übel ergangen. O du lieber Himmel! Er durfte sich gar nicht mehr blicken lassen auf dem Jahrmarkt. Jeder rief ihm zu: „Der ist ja nicht schön genug! Geht doch nach Berlin, Paris, London oder Wien! Da gehört Ihr hin. Pfui, unseren Jahrmarkt so schlecht zu machen!“

Seitdem sagt kein Torburger etwas gegen den Jahrmarkt, und Kasperle war auch damit zufrieden. Fragte ihn jemand: „Na, Kasperle, auch hier? Wie gefällt es dir denn auf unserem Jahrmarkt?“ dann riß Kasperle den Mund wie ein Scheunentor auf und schrie: „Fein!“ Na, und Kasperle mußte doch wissen, ob ein Jahrmarkt fein war oder nicht.

Überhaupt Kasperle und das feine Marlenchen! Halb Torburg rannte hinter den beiden her. Die Kinder pufften, stießen und balgten sich; jedes wollte möglichst dicht neben Kasperle gehen. Blieb Kasperle vor einer Bude stehen, da rannten gleich alle herbei, und die Budenbesitzer flehten: „Komm doch herein, Kasperle! Du kannst umsonst auf dem besten Platz sitzen.“

Die Riesendame machte richtig einen Knicks vor Kasperle, und dann ging sie einsammeln, und weil Kasperle ein Gröschlein auf den Teller legte, taten es die andern auch alle. Hei, dachte Kasperle, das muß ich mal beim Kasperlemann tun! Und flugs lief er zu dem hin.

Der war ein bißchen in einen Winkel gerutscht, und er mochte klingeln, soviel er wollte, niemand kam. Wenn ein putzlebendiges Kasperle auf dem Jahrmarkt herumläuft, wer kümmert sich da um das Holzkasperle?

Aber nun kamen Kasperle und das feine Marlenchen vor der Bude an, und der Kasperlemann schrie: „Seid ihr alle da?“

„Ich bin da, ich, Kasperle.“

„Jemine, noch ein Kasperle!“

„Du kannst gar keine feinen Gesichter schneiden, Holzkasperle,“ rief das lebendige Kasperle. „Paß auf, ich kann es besser!“ Und bums, pardauz! sauste Kasperle in das Budchen hinein, steckte den Kopf zwischen dem roten Vorhang heraus und fragte: „Wie soll ich aussehen?“

„Wie ein Teufel!“

„Wie ein Räuber!“

„Wie die Prinzessin Gundolfine!“ schrie Hansjörg.

Oje, konnte Kasperle Gesichter schneiden! Die Leute vor dem Budchen bekamen Bauchschmerzen vor Lachen, und der Kasperlemann brauchte nur immerzu Geld einzusammeln. Ein dicker Fleischermeister gab sogar einen großen runden Taler.

„Hach,“ kreischte Kasperle, „ich falle um, ich schlafe ein!“

„Warum schläft er denn?“ fragten die Leute.

„Ich träume,“ schrie Kasperle.

„Was träumste denn?“

„Ich träume, ein dicker Fleischermeister habe dem Kasperlemann noch drei Taler gegeben.“

„Ein feiner Traum!“ Der Meister lachte, dann holte er seinen Geldbeutel heraus, legte dem Kasperlemann richtig noch drei Taler auf den Teller und schrie: „Du hast richtig geträumt, Kasperle; der Kasperlemann hat noch drei Taler bekommen.“

„Hurra!“ schrie Kasperle. Er nahm das rechte Bein in den Mund, dann hopste, sprang und kasperte er noch eine ganze Weile im Budchen, bis dem Kasperlemann das Beutelchen vor Gröschlein, Hellern und Talern fast platzte. Da rutschte er hinab, schlug einen Purzelbaum, und als alle riefen: „Weiter, weiter!“, da legte er sich platt auf die Erde und sagte: „Kasperle ist tot.“

Marlenchen erschrak zuerst etwas, als sie aber dem Freund so recht genau in das unnütze Schelmengesicht sah, rannte sie plötzlich davon und rief lachend: „Kasperle muß mich fangen!“

Und heidi! war Kasperle wieder lebendig. Er sprang auf und rannte hinter der Freundin her. Die Leute vor der Kasperlebude sagten: „Sie werden schon wieder kommen!“

Sie kamen aber nicht wieder, sie saßen vor der Kuchenbude und schmausten die allerschönsten Schmalzkuchen. Die Kuchenfrau suchte immer die größten aus, und immerzu sagte sie: „Kasperle, iß noch einen! Da, kriegst sie umsonst."

Zuletzt mahnte Marlenchen: „Kasperle, höre auf, du platzt!" Und da geschah etwas Schreckliches: Kasperle rutschte von der Bank herunter und saß plötzlich unter dem Tisch. Käseweiß sah er aus.

„Ihm ist übel geworden," riefen etliche.

„Von meinen Schmalzkuchen wird es niemals jemand übel," sagte die Kuchenfrau beleidigt.

„Aber wenn einer so viel ißt!"

„Huhuhu!" heulte Kasperle. „Sie, sie, sie!" stöhnte er dann.

„Er meint Sie," sagte der Würstelmann zur Kuchenfrau, auf die er eifersüchtig war.

„Nein, er meint die Prinzessin Gundolfine," rief Marlenchen. „Aber wo ist sie denn?"

Kasperle saß zitternd unter dem Tisch, schnitt Gesichter wie die Prinzessin, und die Leute riefen alle: „Wo ist sie denn, wo ist sie denn?"

Man suchte überall, schaute sich um und um, aber eine Prinzessin sah man nicht. Alle sagten auch, eine Prinzessin käme doch mit Hofdamen und Diener, und davon war auch nichts zu sehen.

„Kasperle, komm heim!" bat Marlenchen ängstlich.

Kasperle kroch nun unter dem Tisch hervor, er hatte wirklich Heimgehlust. Die andern Kinder und selbst die großen Leute bettelten freilich: „Kasperle, bleib noch!" Aber Kasperle ging an Marlenchens Hand ganz still heimwärts, er tat nicht einmal mehr seinen Mund auf; ganz verdattert war er. Erst als der Jahrmarktsplatz eine Weile hinter den Kindern lag und die lustigen Begleiter Kasperle und Marlenchen verließen, sagte Kasperle: „Sie war doch da!"

„Ach, Unsinn, Kasperle!"

„Ja, sie war's, und es gibt ein Unglück."

„Dann darfst du morgen nicht auf den Jahrmarkt gehen, Kasperle," sagte Marlenchen ängstlich.

„Nä, ich bleib' im Bett liegen."

„Aber Kasperle, du bist doch nicht krank!"

Nein, krank war Kasperle ganz und gar nicht. Trotzdem war er den ganzen Tag recht verstriezelt, und er ärgerte sich, weil alle sagten, die vielen Schmalzkuchen seien daran schuld, und es war doch nur von seinem furchtbaren Schreck gekommen.

„Wo hast du denn die Prinzessin gesehen?" fragte Herr Severin.

„Wie – wie 'ne Bauersfrau sah sie aus," brummte Kasperle.

„Wie eine Bauersfrau? Aber Kasperle, die hochmütige Prinzessin wird sich doch nicht als Bäuerin verkleiden!" Herr Severin wollte lachen, es gelang ihm aber nicht recht. Er dachte plötzlich: Morgen früh gehe ich einmal zum Bürgermeister, der muß mir helfen.

Geraubt

Am nächsten Morgen blieb Kasperle dabei, er wollte nicht auf den Jahrmarkt gehen. Dem blassen Christli war das schon arg recht. Der hatte sich am Tage vorher sehr nach seinem Kameraden gesehnt, und er freute sich auf den heiteren Gartentag. Die Sonne meinte es besonders gut, sie schien es sich vorgenommen zu haben: Heute scheinst du den Torburgern recht freundlich und warm zu ihrem Jahrmarkt.

Nach Mittag liefen die Leute darum auch alle auf den Platz. Alle fragten sie: „Ob heute Kasperle wohl wieder so pudelnärrisch kaspern wird?" Aber kein Kasperle ließ sich sehen. Das lag im Garten lang auf der Wiese und sah zu, wie Christli kasperte.

Der wollte nämlich von seinem Freund das Gesichterziehen lernen. Kasperle und Marlenchen saßen darum im Grase, sie waren Zuschauer, und Christli war Kasper. Aber es war kein gutes Kasperle, er blieb immer Christli, konnte kein Teufels-, Räuber-, Spitzbubengesicht machen, und wie die Prinzessin Gundolfine konnte er schon gar nicht dreinsehen. Er mühte sich ordentlich ab, aber es ging nicht.

„Ich glaube, es liegt an den Höslein," sagte Kasperle plötzlich; „wir müssen tauschen."

„Ach ja," rief Christli, „jetzt ziehen wir uns um!"

Das war nun wirklich vergnüglich; Christli schlupfte in Kasperles grasgrünes Röcklein, dieser in Christlis feinen weißen Anzug, und dann schauten sie sich beide an, lachten und lachten. Marlenchen lachte mit, und als endlich Christli das Kaspern versuchte, da – konnte er es nicht.

„Fang mit dem Purzelbaum an!" riet Kasperle.

Sie saßen alle am Wiesenhang am Seitenrande des Wäldchens. Innen im kleinen Walde rief und lockte einmal ein Vogel, seltsam klang es, aber die Kinder hörten nicht darauf.

Und nun schoß Christli einen Purzelbaum. Bergab ging es ganz flink und geschickt. Er überschlug sich einmal, noch einmal, drehte sich ein wenig, kam an ein Gebüsch und – weg war er.

„Kasperle," rief Kasperle, denn die Namen hatten sie auch vertauscht, „nun mußte rauf purzelbaumen."

Unten blieb alles still.

„Kasperle, komm doch!" lockte Marlenchen.

Wieder blieb es still.

„Er hat sich versteckt," sagten die beiden zueinander und schwiegen eine Minute.

„Es donnert," sagte Kasperle plötzlich.

„Ach wo!" Marlenchen schaute zum Himmel empor. Strahlend hell war der. „Es war ein Wagen, – aber wo nur Christli bleibt?"

„Du mußt Kasperle sagen," verbesserte Kasperle. Da riefen beide aus Leibeskräften: „Kasperle, komm doch!"

Es blieb alles still.

Eine jähe Angst ergriff die Kameraden. Sie rannten den Abhang hinab, suchten und riefen, riefen und suchten. Kein Christli war zu sehen. Einen Fluß, in den er gefallen sein konnte, gab es nicht, ein Erdloch auch nicht. Wo war er nur hin?

„Dort ist er hingelaufen," rief Kasperle. Ein grünes Schleifchen lag da, eins von denen, mit denen seine Höslein unten geschmückt waren. „Er will uns necken, er ist in den Garten zurückgerannt," sagten beide und liefen zusammen zurück.

Sie kamen an ihren Spielplatz, kein Christli war da. Die Türe des Gartenhäuschens stand offen. Sie schauten hinein, riefen, aber keine Antwort kam.

„Er ist zu Meister Helmer gelaufen," riefen die beiden sich tröstend zu. Sie liefen auch zu Meister Helmer. Der saß vor seinem kleinen Haus im bunten Garten; er war allein. Er hatte Christli auch nicht gesehen. Der gute alte Mann geriet in Angst um das Prinzlein. Er ging mit Kasperle und Marlenchen suchen, denn er dachte: Christli ist vielleicht etwas zugestoßen und liegt irgendwo blaß und ohnmächtig. Er suchte und suchte, die beiden Kameraden halfen, aber nirgends war eine Spur von Christli zu erblicken. Nur da, wo Kasperle die Schleife gefunden hatte, sah Meister Helmer, daß jemand mit großen, schweren Schuhen gegangen war. Eine furchtbare Angst überfiel ihn. „Christli ist geraubt worden," sagte er. „Schnell, schnell, man muß Hilfe holen!"

Marlenchen schluchzte auf, Kasperle brüllte gleich ganz entsetzlich, aber dann lief er doch, als Meister Helmer sagte: „Es eilt!", um den Fürsten und Meister Severin zu holen. Und wie rannte Kasperle. Er sprang, purzelbaumte, riß beinahe drei Menschen, einen Hund und einen kleinen Herrn um und kam sehr geschwind auf dem Kirchplatz an. Dort geschah noch das letzte Unheil. Er riß einen um, der ihm sehr gewichtig entgegenkam: den Bürgermeister.

Plauz! saß der dicke Herr da. Kasperle aber raste schreiend weiter: „Christli ist geraubt worden, Christli ist geraubt worden!"

Der Bürgermeister wurde so weiß wie sein frischgewaschenes Schnupftuch. Was schrie Kasperle da? Und wie kam Kasperle überhaupt noch hierher?

„Christli ist geraubt worden, Christli ist geraubt worden!" Kasperles Geschrei scheuchte den Fürsten, den Professor und die Waldhausleute auf. Die kamen heraus, und der dicke Bürgermeister konnte sich nicht mehr vor ihnen verstecken. Eigentlich hätte er es gern getan.

„Kasperle, schrei nicht so, rede!" Wenn Meister Severin so sprach, dann wurde das Kasperle meist ganz vernünftig. Er erzählte jetzt auch, freilich mit jämmerlichem Geheul, was geschehen war.

„Mein Christli verschwunden!" Der Fürst wurde totenbleich, und da er den Bürgermeister noch immer auf dem Platz sitzen sah, rief er: „Herr Bürgermeister, haben Sie es gehört: Am hellen Tag wird mein Kind hier in Torburg geraubt!"

„Ach, das schwätzt der Kasper!" brummte der Bürgermeister und sah ganz bissig zu diesem hin.

„Das ist wahr!" Hei, sah Kasperle auf einmal fuchsteufelswild aus! Ordentlich ängstlich wich der Bürgermeister zurück.

„Aber Kasperle, du hast Christlis Anzug an!" rief da Frau Liebetraut.

Kasperle nickte und erzählte, wie das gekommen sei.

„Dann haben sie den Kasper rauben wollen – und"

„Kasperle hat recht gesehen, die Prinzessin Gundolfine war hier in Torburg," rief der Meister Severin. Dabei sah er unwillkürlich den Bürgermeister an, sah den ganz grün werden, und er dachte bei sich: Er hat ein böses Gesicht – vielleicht auch ein böses Gewissen.

„Man muß suchen," stotterte der Bürgermeister. „Ich werde sofort reitende Boten überallhin schicken. Aber geraubt, – ich kann es mir nicht denken! Er ist vielleicht in ein Erdloch gefallen."

„Nä, wir haben alles durchsucht." Kasperle sah trotzig drein. „Er ist fort."

„Seit wann denn?"

Ja, das wußte Kasperle nicht genau. Ein paar Stunden mochten während dem Suchen vergangen sein. Der Nachmittag war schon weit vorgerückt, und der Fürst drängte: „Schnell, schnell! Die Polizei soll suchen, Herr Bürgermeister!"

„Ja gewiß, ganz schnell!" rief der.

Aber so arg schnell ging es nicht. Erst müsse der Garten ganz genau abgesucht werden, behauptete der Bürgermeister. Er sagte, am besten wäre es, vorläufig über den Raub zu schweigen. Ja, das wäre schon gegangen, wenn Kasperle nicht gewesen wäre! Der heulte so laut, daß bald ganz Torburg in Aufregung geriet. Es war doch unerhört: Am hellen Tage wurde in der guten Stadt ein Kind geraubt!

„Wir müssen suchen, wir müssen suchen!" rief alles.

„Niemand darf über die Grenze gehen; das ist verboten," befahl der Bürgermeister.

Ja freilich, das war verboten, aber in der Dämmerung stieg doch die gute Gräfin Agathe in einen Wagen, um Christli nachzufahren. Sie sagte auch wie Frau Liebetraut: „Den hat die Prinzessin Gundolfine rauben lassen. Ich hole ihn; ich werde es schon herausbekommen, ob er im Schloß ist. Und vor mir fürchtet sich der Herzog August Erasmus ein wenig."

Warum denn? dachte Marlenchen. Sie wußte noch nicht, daß manche, die bös und ungut sein können, sich vor sehr guten Menschen fürchten.

Als der Wagen abfahren sollte, kamen Meister Severin und Frau Liebetraut aus ihrem Hause. Marlenchen stand bitterlich weinend am Wagen, und auf einmal sagte die Gräfin: „Kasperle soll mir noch beschreiben, wie es in den Turm auf Burg Himmelhoch hineingeht. Wo ist er denn?"

Ja, wo war Kasperle.

„Vorhin hat er noch hier gesessen und geweint," sagte Frau Liebetraut ängstlich.

„Sie haben ihn auch geraubt!" klagte Marlenchen erschrocken.

„Nä!“ klang es jämmerlich aus dem Wagen heraus.

„Aber Kasperle, was machst du denn da?“

„Ich will mit, ich – ich – will Christli befreien; ich – ich bin – doch – sein Freund!“ Kasperle schluchzte laut.

„O du gutes kleines Kasperle!“ sagte der Fürst. In all seiner schweren Sorge um den Liebling war ihm das Kasperle, das so treu die Freundschaft hielt, ein rechter Trost.

„Es ist recht, mein Kasperle; du fährst mit, und wir befreien Christli zusammen. So, nun komm, lege dich unter den Sitz und wickle dich in die Decke, damit dich niemand sieht!“ sagte die Gräfin.

Marlenchen schluchzte herzbrechend. „Ich will auch mit!“ rief sie. Aber die Muhme Agathe sagte mild: „Du mußt Christlis Vater trösten.“

Da legte Marlenchen ihre kleine Hand in die des Fürsten und sagte: „Ich weiß schon, daß Christli zurückkommt, ich will aber fleißig darum beten.“

Zuletzt stieg Herr Severin, als Diener verkleidet, mit auf den Bock. „Kasperle, wir helfen alle zusammen,“ sagte er.

Torburg hatte zwei Tore. Durch eins rannten alle, durch das andere niemand. Durch dieses fuhren an diesem Tag die Gräfin und Kasperle. Der kleine Schelm heulte; tropf, tropf! liefen ihm die Tränen herab, ein Dorfbrünnlein konnte nicht mehr Wasser vergießen.

„Sei ruhig, mein Kasperle!“ sagte die Gräfin. „Hab' nur keine Angst, ich lasse dich nicht auf Himmelhoch!“

Herr Severin kannte allerlei Seitenwege, denn er lief oft stundenlang spazieren. Die fuhr man entlang. Durch den Wald ging es, da war es still und friedsam. Kasperle durfte unter dem Sitz hervorkriechen, und die Gräfin nahm ihn auf den Schoß. So fuhren sie durch die milde, warme Sommernacht.

Zuletzt versiegten Kasperles Tränen, und er schlief ein, schlief fest und ruhig, und die Gräfin betrachtete sein Gesicht und dachte: Wie hübsch kann doch das Kasperle aussehen! So lieb und brav und so gut ist es. Fährt mit zu dem Herzog, vor dem es doch solche Angst hat, um seines Freundes willen. Wirklich, der Herzog könnte sich eigentlich an Kasperle ein Beispiel nehmen.

Als der Morgen dämmerte, tauchte Burg Himmelhoch auf. Etliche Fenster waren erleuchtet, und die Gräfin dachte: Dort muß etwas geschehen sein. Sie bekam auf einmal heftige Angst um Christli. Der zarte, blasse Bube, – wer weiß, was man mit ihm angefangen hatte! Oh, sie wußte wohl, die Base Gundolfine konnte böse sein!

„Kasperle," sagte sie ängstlich, „wache auf! Wir sind gleich da."

„Wo denn?" Kasperle rieb sich die Augen. Erst wußte er gar nicht, wo er war, als aber die Gräfin sagte: „Kasperle, sei brav und schrei nicht! Wir kommen jetzt nach Himmelhoch," erschrak er gewaltig, und die Gräfin mußte ihm den Mund zuhalten, sonst hätte er losgebrüllt. Ganz ängstlich kroch er wieder unter den Sitz, Gräfin Agathe wickelte ihn in ein Tuch, stellte noch einen kleinen Reisesack vor, und dann mahnte sie noch einmal: „Kasperle, sei vernünftig, schrei nicht, mache keine Dummheiten!"

„Huhu!" stöhnte Kasperle.

„Jetzt fahren wir zum Schloß hinauf, über die Brücke. Kasperle, sei still!"

Da war Kasperle plötzlich muckstill. Der Wagen rollte in den Burghof hinein, Herr Severin knallte mit der Peitsche und rief: „Hollahe, wir sind da!"

Einer kam angerannt, der brummte: „Wer sind denn wir?"

„Ich bin es." Die Gräfin schaute zum Wagenfenster hinaus, und der Diener blickte sie etwas verdutzt an. „Ich will den Herzog sprechen."

„Aber der liegt doch im Bett und schläft!"

„Warum ist denn so viel Licht im Schloß?"

„Der Herzog hat doch morgen Geburtstag!" sagte der Diener.

„Aber sprechen muß ich ihn."

„Das geht nicht."

Da war die Gräfin schon ausgestiegen, und der Herr Severin setzte ein Pfeiflein an den Mund und pfiff eine lustige Weise. Die lockte und rief.

„Sei stille!" rief der herzogliche Diener.

Da tat sich die Schloßtüre auf und Kasperle hörte eine gute, wohlbekannte Stimme. Der alte Haushofmeister war es. Der erkannte auch gleich die Gräfin, und merkwürdig, er war gar nicht sehr verwundert.

„Der Herzog steht bald auf," sagte er und führte die Gräfin in das Schloß. Er führte sie durch einen langen Gang, öffnete sein Zimmer und da – lag Christli auf dem Sofa und schlief.

„Christli – also ist er doch hier!" rief die Gräfin.

Der alte Haushofmeister nickte. „Die Prinzessin Gundolfine hat ihn heute nacht gebracht. Sie denkt aber, es sei Kasperle, und sie will ihn morgen dem Herzog zum Geburtstag schenken."

Christli hatte das Sprechen gehört, er schlug die Augen auf, sah seine gute Muhme und jauchzte: „Du bist da! Oh, mich hat so eine böse, böse Frau gestohlen!" Und dann erzählte er, wie es gekommen war. Er war beim Purzelbaumen ganz dicht an den Waldrand gefallen und hatte gedacht: „Jetzt bin ich mal ein Weilchen ganz still und lasse Kasperle und Marlenchen nach mir rufen." Und wie er so dagelegen hatte, war plötzlich ein dunkles Tuch über ihn gefallen, und ehe er noch wußte, wie und was, hatte ihn jemand rasch zusammengerollt, hatte ihm etwas in den Mund gesteckt, und dann hatte er gefühlt, wie er fortgetragen wurde. Darauf wurde er in einen Wagen geworfen, und fort ging es.

Und da war es dem armen kleinen Prinzen Christli ganz übel ergangen. Die Prinzessin Gundolfine hatte ihn eingepackt liegen lassen und ihn sogar manchmal mit dem Fuß angestoßen und gefragt: „Na, Kasperle, wie gefällt es dir, daß du nun hier so still liegen mußt? Warte nur, dir soll es noch arg schlimm gehen!"

Christli hatte zwar das dicke Taschentuch, das ihm der Mann in den Mund gesteckt hatte, herausziehen können, er war aber ganz, ganz still gewesen. Sie halten mich für Kasperle, hatte er gedacht. Nun soll die böse Prinzessin auch erst im Schloß sehen, was für ein Kasperle sie gefangen hat.

Endlich hatte jemand gesagt: „Prinzessin, Sie werden Kasperle noch tot machen, er ist sowieso so still."

Da hatte die Prinzessin den armen Christli liegen lassen, und als sie spät abends angekommen waren, hatte sie Christli eingewickelt, wie er war, in den Keller tragen lassen wollen. Aber da war der Herzog gekommen, und sie hatte nur noch rasch zu dem Haushofmeister gesagt, er solle das Paket gut in acht nehmen, das sei ihr Geburtstagsgeschenk für den Herzog, und im Keller müsse es liegen.

Der Haushofmeister hatte gleich gedacht: Da steckt eine böse Geschichte dahinter. Er hatte das Paket ausgewickelt und den blassen und erschöpften Christli darin gefunden, den er wohl kannte.

„Es ist schon ein Bote an den Fürsten von Wolkenstein unterwegs," sagte der Haushofmeister. „Ich habe ihm geschrieben, daß Prinz Christli hier ist."

„Warum haben Sie nicht nach Torburg zu Christlis Vater geschickt?" fragte die Gräfin erstaunt.

„Ei," antwortete der Haushofmeister, „der Bürgermeister in Torburg ist ein guter Freund der Prinzessin, der hat ihr sicher geholfen, der und auch die alte Kräuterfrau Mummeline aus Waldrast."

So hatte Kasperle doch recht gehabt mit seiner Angst.

„Armes Kasperle!" sagte Christli traurig.

Die Gräfin lächelte ein wenig. „Kasperle ist so ein guter Freund, wie du einer bist," sagte sie. „Nun schlafe aber noch, mein Christli! Und wenn dich die Prinzessin Gundolfine holen läßt, dann gehe ich mit. Ich will es dem Herzog einmal sagen, wie böse sie ist!"

„Ich muß aber Christli wieder einpacken, wie er angekommen ist, denn die Prinzessin soll erst in Gegenwart des Herzogs sehen, wen sie mitgebracht hat." Der alte Haushofmeister sah ordentlich böse drein, als er von der Prinzessin sprach.

„Wenn sie aber vorher hereinkommt?" Christli wurde nun doch ein wenig ängstlich.

„Ich schließe zu, und die Prinzessin mag mich suchen lassen, wo sie will; sie soll mich erst finden, wenn der Herzog schon aufgestanden ist und in den Thronsaal geht," sagte der Haushofmeister. „Ich weiß schon allerlei Winkel im Schloß, wo man sich verstecken kann. Heute steht der Herzog auch sehr früh auf, weil so viele Leute kommen, um ihm zu gratulieren."

Der gute alte Haushofmeister brachte selbst noch etwas zu essen herein, einen Krug Milch dazu, dann nahm er Abschied und sagte: „Na, unser Herzog wird Augen machen, wenn er statt Kasperle seines Bruders Sohn sieht! Ich glaube, – er schämt sich gewiß."

Und dann ging der Haushofmeister hinaus, schloß sorgsam die Türe zu und sagte draußen zu Veit: „Du bleibst immer in meiner Nähe, und wenn die Prinzessin kommt, warnst du mich."

Das versprach Veit, und just da klingelte der Herzog. Er wollte aufstehen.

Es ist auch Zeit, dachte der Haushofmeister.

Des Herzogs Geburtstag

Die Prinzessin Gundolfine war eine Langschläferin. Es paßte ihr gar nicht, daß der Herzog an diesem Tage so früh aufstehen wollte. Nur auf die Überraschung mit Kasperle freute sie sich. Der Herzog hatte nämlich vor einigen Wochen, als die Prinzessin Maria den Fürsten von Wolkenstein geheiratet hatte, zu ihr gesagt: „Wenn du mir das Kasperle wieder verschaffst, dann heirate ich dich."

Seitdem hatte die Prinzessin nur immer daran gedacht, wie sie wohl Kasperle herbeischaffen könnte. Nun endlich, dachte sie, ist es gelungen! Und wenn ich erst Herzogin bin, dann wird das Kasperle wie ein Papagei in einen großen Käfig gesteckt, meinetwegen von Gold, aber ein Käfig muß es sein.

Der Herzog stand auf, und die Prinzessin stand auf, und Kasperle saß im Wagen, den man in einen Schuppen gefahren hatte, und seufzte. Aber schließlich, wenn man ein Kasperle ist, kann man sich auch in einem Wagenschuppen umschauen. Da das Tor geschlossen blieb, kletterte Kasperle aus dem Wagen heraus; er erblickte eine Leiter, entdeckte eine offene Fensterluke und sah von da aus in die Wipfel einer großen Linde. In deren Zweigen sangen die Vögel ihr frohes Morgenlied, und sie waren sehr verwundert, als auf einmal ein Kasperle den Lindenstamm hinabrutschte.

Kasperle hatte gesehen, daß die alte Linde im Burggraben stand. In dem wucherte Gestrüpp durcheinander, und niemand kam jemals dahin. Aber von dem Burggraben aus konnte man gut am Blitzableiter in die Höhe klettern. Kasperle schaute sich um, alles war still, noch ein bißchen dämmerig. Ob er es wagen sollte?

Auf einmal fiel ihm etwas ein. Er kletterte schnell die Linde wieder empor und kehrte in den Wagenschuppen zurück. Dort schob er erst einen großen Riegel vor das Tor; nun konnte niemand den Wagen herausholen und wegfahren. Dann nahm Kasperle das graue Tuch der Gräfin, und wenn nun jemand hingesehen hätte, dann hätte er ein graues Gespenstlein erblickt, das an einem Blitzableiter emporkroch.

Freilich, Kasperle merkte bald, die Zimmer der Prinzessin erreichte er nicht; er sah aber über sich ein Fenster offen stehen, und die Neugier hineinzuschauen plagte ihn arg.

Auf seiner Kletterfahrt kam er auf einmal an einem Mauerloch vorbei. Himmel, erschrak Kasperle!

Im ersten Augenblick dachte er: Da sitzt die Prinzessin Gundolfine. Es war aber nicht die Prinzessin, was ihn da anglotzte, sondern eine große Schleiereule. Die war nicht minder erschrocken als das Kasperle, und ein paar Minuten starrten beide sich ängstlich an.

Doch die Eule war eine brave Person, die schon Kinder hatte und nicht an Dummheiten dachte wie das Kasperle; aber was ihr nun passierte, das ärgerte sie gewaltig. Kasperle warf unversehens einen Zipfel des grauen Tuches über sie, und wutsch! hatte er die arme, gute Eule gepackt. Die dachte: Er dreht mir den Hals um.

So schlimm war aber das Kasperle doch nicht; er schleppte nur die Eule die Mauer mit hinauf und ließ sie oben in das offene Fenster hineinfallen. Plumps! sank die gute Eule in einen großen, feierlich geschmückten Saal hinein. Kasperle aber glitschte blitzschnell an der Mauer entlang in den Burggraben hinunter. Er war ein bißchen enttäuscht. Was die Eule oben machte, wußte er nicht, er hörte auch keinen Schreckensruf, nichts. Unten überlegte er sich, ob er im Graben weiterlaufen sollte. Aber da hörte er Stimmen, und voller Angst rutschte er die Linde hinauf und hastete im Schuppen die Leiter hinab, schob den Riegel zurück und lag glücklich im Wagen, als draußen Schritte näher kamen.

Zwei herzogliche Kutscher traten in den Schuppen. Der eine nahm die Leiter und brummte dabei: „Wer hat die nun gerade an das Fenster gestellt?"

„Weißte was," rief ihm der andere zu, „wir kriegen Hochzeit im Schloß! Der Herzog heiratet die Prinzessin Gundolfine."

„Na, die möchte ich nicht geschenkt haben!" brummte der erste. „Und überhaupt, wenn, ich in deiner Haut stecken würde, dann schämte ich mich arg. Hast das arme Kasperle gefangen, schäme dich nur!"

„Ach was," rief der zweite, „so 'n Irrwisch! Um den ist's nicht schade."

Oho, dachte Kasperle, warte nur! Und gleich schaute er sich heimlich um, ob er dem bösen Kutscher nicht irgend etwas an den Kopf schmeißen könnte. Doch zum Glück fiel ihm noch ein, daß er sich dann verraten würde.

„Hilf mir mal die Leiter tragen!" rief der erste Kutscher. Er packte die Leiter und ging voran, der zweite folgte. Da nahm Kasperle ganz flink eine Latte, die neben dem Wagen lehnte, und steckte sie dem zweiten, der nur vorwärts, nicht aber um sich schaute, zwischen die Beine, und pardauz! da lag er.

„Was machst du denn?“ rief sein Gefährte.

„Ich bin über etwas gefallen, irgend etwas ist mir zwischen die Beine gefahren,“ stöhnte der Kutscher. „Uff, da eine dumme Latte war es!“

„Deine Ungeschicklichkeit war es,“ brummte der andere und sah sich ganz böse nach ihm um.

„Ich kann nichts dafür! Au weh, au!“ Der Kutscher stöhnte, sein Gefährte brummte, und endlich verließen beide den Schuppen. Sie schlossen ab, und Kasperle war wieder allein. Der hatte aber keine Lust mehr zu neuen Taten, der kicherte in sein Tuch hinein. Der Herzog kriegte die Prinzessin Gundolfine zur Frau, – oje, wie mochte es ihm da ergehen! Ein ganz, ganz klein wenig tat dem Kasperle sogar der Herzog leid. Wie ungut die war, wußte der Herzog gewiß gar nicht. Schade nur, daß er, Kasperle, zur Verlobung nicht ein bißchen im Schloß herumgeistern konnte! Er wickelte sich in sein Tuch und dachte über allerlei nach, und dabei schlief er ein.

Im Schloß wurde es inzwischen immer lebendiger. Die Prinzessin Gundolfine hatte zu dem hohen Festtag ihr allerschönstes Kleid angezogen; sie kam sich selbst ungeheuer schön vor, als sie so vor dem Spiegel stand. „Ruf den Haushofmeister!“ befahl sie einer Kammerfrau. „Flink, flink, er soll mir jetzt Kasperle bringen!“

„Er ist nicht da,“ sagte die Kammerfrau.

„Wo, was ist nicht da? Am Ende Kasperle? Ist's gar ausgerissen!“ schrie die Prinzessin zornig.

„Nein, der Haushofmeister ist nicht da, und Kasperle habe er gut aufgehoben.“

„Ich will ihn aber haben!“

Da liefen zwei Kammerfrauen weg, zwei Diener liefen weg, und von Zeit zu Zeit meldete jemand: „Wir finden ihn nicht.“

„Potz Wetter, ein Haushofmeister ist doch keine Stecknadel!" Die Prinzessin war schon ganz grüngelb vor Ärger geworden.

„Der Herr Herzog läßt sagen, die Prinzessin möchte gleich kommen; er geht in den Festsaal," rief draußen jemand.

„Der Haushofmeister läßt sagen, er habe Kasperle schon im Festsaal aufgestellt," rief eine Kammerfrau.

„So ein Dummkopf! Ich will Kasperle haben."

„Der Haushofmeister kann nicht kommen, und der Herzog geht in den Festsaal," meldete ein Diener.

„So ein Schafskopf!"

„Die Prinzessin hat den Herzog Schafskopf genannt," so tuschelte eine Hofdame der andern zu. „Unerhört!"

Die Prinzessin stampfte mit dem Fuße auf. „Stille, ich will Kasperle!"

„Der sitzt im Festsaal, und der Herzog hat gesagt, wenn die Prinzessin nicht gleich komme, gehe er allein."

Ja, da mußte die Prinzessin Gundolfine schon gehen. Sie versuchte ein freundliches Gesicht zu machen, aber als sie in des Herzogs Zimmer trat, flüsterte ein vorwitziger junger Graf seinem Nachbar zu: „Sie sieht aus wie eine Essigpfanne."

Brrr, dachte auch der Herzog, heute sieht meine liebe Base einmal wieder wüst aus! Gut, daß ich sie nicht heiraten muß!

„Ich habe eine große Überraschung für dich, August Erasmus," flüsterte die Prinzessin dem Herzog zu, „du wirst staunen."

Der Herzog lächelte sauersüß. Die Überraschungen seiner Base waren immer etwas sonderbar. Sie strickte ihm Schlafmützen, die ihm bis über die Nase fielen, und verlangte dabei auch noch, er solle die Mützen tragen. Einmal hatte sie ihm Pantoffeln gestrickt, da hatten ihm die Füße wehe getan, so eng waren sie, und einmal hatte sie ihm eigenhändig einen Kuchen gebacken und aus Versehen einen halben Quirl und einen Teelöffel mit hineingebacken. Da war er beinahe erstickt.

„Du freust dich wohl sehr?“ flüsterte die Prinzessin.

„Nein,“ brummte der Herzog. Er tat dies aber leise, und niemand hörte es.

Bumbum, trara, bumbum, trara! Die Musik fing an zu spielen, und der Herzog sagte feierlich: „Wir wollen in den Festsaal gehen. Dort mögen mir alle Glück wünschen!“

„Und dort ist meine Überraschung,“ rief die Prinzessin. Sie klatschte in die Hände wie ein Kind, und der dicke Oberstallmeister sagte halblaut: „Sie wird immer verdrehter.“

Weil die Prinzessin aber scharfe Ohren hatte, hörte sie das wohl, und sie dachte: Na, warte du, wenn ich erst Herzogin bin, dann wirst du verbannt.

Am Saaleingang stand der Haushofmeister und machte die Türen weit auf. Er guckte in die Luft, als wäre er stocktaub, als die Prinzessin im Vorbeigehen zischte: „Wo ist Kasperle?“

Im Saal stand des Herzogs Thron unter einem roten Baldachin, und daneben stand ein tiefer Lehnsessel für die Prinzessin. Der Herzog nahm Platz, und die Prinzessin wollte es auch tun, aber sie prallte mit einem Schrei zurück, denn ganz in der Ecke ihres Sessels saß eine Eule, die funkelte sie böse an. „Eine Eule, eine Eule!“ kreischte die Prinzessin.

Alle starrten verdutzt auf die Prinzessin. War die verdreht geworden?

Der gute Oberstallmeister wollte leise etwas sagen, aber leider lief ihm seine Stimme davon, und er schrie in den Saal hinein: „Sie ist selbst 'ne Eule!“

„Nein, wie komisch: eine Eule!“ quiekte ein junges Hoffräulein. Da ging ein Hofjunker auf den Stuhl zu, hob die Eule auf und trug sie mitten durch den Saal. Und weil er ein Flausenmacher war, rief er: „Platz da, das ist gewiß eine verzauberte Prinzessin!“

„Und die Prinzessin 'ne verzauberte Eule.“ Der Oberstallmeister hielt sich zwar selbst den Mund zu, aber das böse Wort war schon heraus.

Die Eule flatterte draußen ängstlich am Fenster herum. Die Hoffräuleins kicherten, die Junker platzten bald auseinander vor Lachen, die Prinzessin sah wütend drein, und der Herzog ärgerte sich.

Da kam der Haushofmeister durch den Saal, trug den verhüllten Christli und rief laut: „Dies hat die Prinzessin gestern für unseren Herrn Herzog zur Geburtstagsüberraschung – geraubt."

„Geraubt?" rief der Herzog, während die Prinzessin dem Haushofmeister einen bitterbösen Blick zuwarf. Sie lächelte aber sehr süß und sagte: „Es ist Kasperle." Dabei zog sie die Decke weg, die über Christli hing.

„Nein," rief da eine warme, gute Stimme, „es ist Prinz Christli, des Herzogs Neffe, der geraubt worden ist, seines Bruders einziges Kind."

„Christli!" rief der Herzog, der das Prinzlein wohl erkannte.

„Nein, es ist Kasperle," kreischte die Prinzessin. „Er macht nur ein Gesicht wie Prinz Christli."

Aber alle im Saal riefen plötzlich: „Prinz Christli!" Denn daß Christli mit seinen langen, blonden Locken und seiner weißen, zarten Haut nicht das etwas struppige, braune Kasperle war, das sah doch jeder.

„Christli," stammelte der Herzog, „wie kommst du hierher? Du – willst mir wohl – gratulieren?"

„Nein," sagte Christli ganz trotzig und steif, „man hat mich gestohlen."

Und da stand auf einmal hoch und schlank die Gräfin Agathe neben dem Prinzlein, und sie erzählte laut, was gestern geschehen war.

Die Prinzessin Gundolfine kreischte: „Ich falle in Ohnmacht!" Es kümmerte sich aber niemand um sie.

Der Herzog sah ganz käseweis aus. Seines einzigen Bruders Kind hatte man geraubt! Und wenn es nach der Prinzessin gegangen wäre, dann hätte Christli die ganze Nacht in einem feuchten Kellerloch gesessen. Er sah den zarten, blassen Christli an, und als die Gräfin geendet hatte, streckte er die Hand aus und sagte: „Mein armer Junge, komm, gib mir die

Hand! Ich bin dein Oheim.“ – „Guter Oheim“ wollte der Herzog eigentlich sagen, ihm fiel aber ein, daß er bisher gar nicht gut zu seinem Bruder und zu Christli gewesen war.

Und da geschah etwas, das dem Herzog noch nie passiert war: Seine Hand wurde nicht ergriffen. Christli schmiegte sich an die Gräfin an und bat: „Wir wollen heimfahren. Ich will nicht hier bleiben, der Herzog ist böse.“

Die Gräfin nickte, und dann sagte sie wieder ganz laut: „Dem Christli und seinem Vater ist ein Unrecht geschehen; wer aber ein Unrecht wieder gutmachen will, der muß abbitten. Solange die Base Gundolfine am Hofe weilt, ist eine Versöhnung nicht möglich.“

„Dann wird es nie sein,“ rief die Prinzessin Gundolfine, „denn der Herzog heiratet mich.“

„Nein, nein,“ rief der Herzog, „das tu' ich nicht!“ Und beinahe wäre er vom Thron gepurzelt vor Schreck. „Sie ist verbannt, ich verbanne die Prinzessin Gundolfine auf ewig, auf ewig,“ rief er. „Sie darf nie, nie wieder nach Burg Himmelhoch kommen.“

„Hurra!“ Der alte, dicke Oberstallmeister konnte nicht anders, als vor Freude hurra rufen. Und auf einmal riefen alle mit: „Hurra, hurra, die Prinzessin muß fort! Hurra, sie ist verbannt!“

Jemine, dachte der Herzog, das wußte ich noch gar nicht, daß sie so unbeliebt ist! Er stippte mit seinem goldenen Stock auf den Boden auf und rief: „Man bringe sie gleich weg!“

„Ich falle in Ohnmacht,“ rief die Prinzessin nun wieder, und bums! da lag sie starr und steif.

Aber das war doch sonderbar, niemand glaubte an die Ohnmacht. Ein junger Hofjunker zog sogar flink eine Blume aus einem der Riesengeburtstagssträuße und kitzelte damit die Prinzessin an der Nase. „Hazzi, hazzi!“ Sie nieste mächtig, und der Herzog sagte: „Also sie ist nicht ohnmächtig und kann atmen. Damit basta! Man spanne ihren Reisewagen an! Du siehst, Christli –“

Da waren die Gräfin und Christli verschwunden; ganz still waren beide aus dem Saal gegangen, und der Haushofmeister hatte gesagt: „Veit, laß flink den Wagen anspannen, auch die Reisewagen der Prinzessin!“

Veit war sehr froh, daß die böse Prinzessin das Schloß verlassen mußte. Er lief darum hinab, und Kasperle, der eben eingeschlafen war, erwachte von einem lauten Gerumpel. Er wickelte sich ganz fest in die Decke, denn er bekam plötzlich eine schreckliche Angst. Aber da hörte er eine ihm wohlbekannte Stimme sagen: „Na, endlich ist die böse Prinzessin Gundolfine verbannt!“

„Ja,“ sagte jemand anders, „man sah gleich, daß es heute nicht gut ausgehen würde, als die Eule auf der Prinzessin ihrem Stuhle saß.“

„Horch mal! Was war denn das?“ rief ein dritter.

„Es war, als ob jemand gelacht hätte,“ meinte Veit.

„Ich weiß nicht, es ist heute nicht richtig im Wagenschuppen,“ sagte ein anderer. „Vorhin hat schon die Leiter ganz falsch gestanden, und dann ist der Jakob über eine Latte gefallen, – ganz komisch war es.“

Kasperle stopfte sich die Decke in den Mund, um nicht herauszuplatzen. Die Prinzessin Gundolfine verbannt, die Eule hatte auf dem Stuhl gesessen, – fein war das!

„So,“ sagte jemand, „nun ist der Wagen sauber. – He, Fritz, wo bist du denn? Wir wollen erst den Wagen der Prinzessin hinausfahren, damit sie nur schnell fortkommt.“

Veit lief hinaus, der andere folgte ihm, und ein paar Minuten war es leer im Schuppen. Ein paar Minuten genügen aber einem Kasperle schon, wenn er ein Streichlein verüben will. Hopps, heraus! Er sah am Boden einen kleinen Eimer stehen und dachte: Es ist der Wassereimer, nahm ihn und goß ihn flugs in den Wagen aus, gerade über den Sitz.

Da polterte es auch schon wieder draußen, Fritz und sein Kollege kamen, und Fritz sagte: „Erst müssen wir rasch den Wagen der Gräfin herausfahren, der Haushofmeister sagt, sie habe Eile.“ Und dann ging es holter, polter; rissel-rassel wurde der Wagen hinausgefahren. Meister Severin kam und sagte, man müsse die Räder ein wenig schmieren.

Fritz lief in den Schuppen, er kam mit einem Eimer zurück, und Kasperle hörte ihn sagen: „Na, das ist doch kurios! Heute früh war der Eimer noch voll Wagenschmiere, und nun ist er beinahe leer."

Kasperle erschrak. Himmel, da hatte er gar der Prinzessin statt Wasser Wagenschmiere in den Wagen gegossen! Na, das konnte ja gut werden!

Aber Herr Severin ahnte etwas. Er rief: „Schnell, schnell, wir müssen fort! Mögen die Räder etwas quietschen!"

Die Gräfin und Christli kamen, und heidi! fort ging es, über die Brücke hinweg, die Landstraße entlang. Auf einmal zupfte jemand Christli, und unter dem Sitz hervor blickte Kasperle den Freund vergnügt an.

„O Kasperle! Du?" Da gab es eine freudige Begrüßung, gab ein Hin und Her von lustigen Reden, und auf einmal sagte Kasperle: „Jetzt sitzt sie in der Wagenschmiere."

„Wer denn, Kasperle?"

„Die Prinzessin," sagte Kasperle und erzählte, wie er statt Wasser einen Eimer Wagenschmiere in den Wagen der Prinzessin gegossen hatte.

„O Kasperle!"

Da drehte sich Herr Severin auf dem Bock um und fragte: „Und die Eule, Kasperle?"

„Auf den Stuhl hab' ich se nicht gesetzt," murmelte Kasperle, „nur –"

„. . . hineingelassen. O du schlimmes, schlimmes Kasperle!"

Leider war das Kasperle gar nicht sehr betrübt, sondern purzelvergnügt. Es hatte Christli wieder, und der sah auch glückselig drein. Es wurde eine lustige Fahrt heimwärts nach Torburg.

Inzwischen saß die Prinzessin Gundolfine wirklich in der Wagenschmiere, saß darin in ihrem allerschönsten Festtagskleid und erhob solch ein Zetergeschrei, daß selbst der Herzog August Erasmus angelaufen kam. Der wurde arg böse, schalt gar nicht geburtstäglich und befahl schließlich, Fritz und Jakob, die beide den Schuppen zu beaufsichtigen hatten, müßten eingesperrt werden. Eine ganz strenge Untersuchung sollte stattfinden.

Da sah der alte Haushofmeister erst nach der Uhr und dachte: Nun sind sie schon der Grenze nahe, und dann sagte er: „Mit Verlaub, ich glaube, das mit der Wagenschmiere war Kasperle."

„Ha, ich hab's gleich gesagt, es war doch nicht Prinz Christli, sondern Kasperle! Er hat nur so ein Gesicht gemacht," kreischte die Prinzessin.

„Nein, ich glaube, Kasperle hat im Wagen gesteckt," sagte der alte Haushofmeister. „Ich habe zuletzt, als der Wagen schon abfuhr, lachen hören."

„Ich auch," rief Veit.

„Ich auch." Und nun erzählte Fritz, was alles für sonderbare Dinge in dem Schuppen vor sich gegangen waren.

„Das war Kasperle," rief der Herzog. „Man soll eiligst reitende Boten hinterherschicken! Vielleicht fangen sie ihn noch."

„Und ich bleibe da," rief die Prinzessin.

„Nein, du fährst!" Diesmal machte der Herzog ein sehr böses Gesicht. Er tippte die Prinzessin an, die sank in die Wagenschmiere zurück und schrie: „Ich kann nicht, ich klebe, ich klebe!"

Der Herzog seufzte tief; nun wurde er die Prinzessin doch nicht los. Aber da winkte der Haushofmeister, der Kutscher fuhr an, und soviel die Prinzessin auch schrie und zappelte, sie klebte und konnte nicht aus dem Wagen springen. Der rollte und rollte durch das Land, bis Burg Himmelhoch weit, weit hinter der Prinzessin lag.

Des Herzogs Landjäger aber ritten bis an die Landesgrenze, ohne Kasperle zu finden. Der fuhr gerade in Torburg ein, fuhr dem Herrn Bürgermeister vor der Nase vorbei, und der ärgerte sich so, daß er Bauchweh bekam und sich ins Bett legte. Er ahnte nicht, daß sich der

Herzog August Erasmus auch ins Bett legte vor Ärger über Kasperle. Der Unterschied war aber der: der Herzog ärgerte sich, weil Kasperle *nicht* da war, und der Bürgermeister, weil Kasperle *wieder* da war.

Den Herzog ärgerte aber noch etwas anderes, nein, das tat eigentlich weh. Es ging ihm wie Kasperle, er dachte, ihm täte sein Bauch weh, und dabei zwickte und zwackte es doch an seinem Herzen herum. Christli hatte ihm die Hand nicht gegeben, die Gräfin Agathe hatte ihm nicht Lebewohl gesagt, und in Torburg saß sein einziger Bruder und zürnte ihm. Er muß zu mir kommen, ich bin älter und bin Herzog, das hatte August Erasmus schon oft gedacht; aber heute redete immer so ein freches kleines Herzstimmlein dazwischen: „Du hast Unrecht, du, du, du! Sieh einmal, wie böse du bist; nicht einmal Kasperle will bei dir bleiben!"

Dies Gerede war dem Herzog sehr unbequem.

„Dumm, dumm, dumm!" brummte er, drehte sich rechts und drehte sich links, schlief aber nicht ein. Er hatte nicht einmal zuviel Geburtstagskuchen gegessen, die Prinzessin war er auch los, aber er schlief nicht, – zu seltsam war es.

Desto besser schlief Kasperle. Wie ein Säcklein schlief der, und am nächsten Morgen ging es wieder in den Garten. Diesmal ging auch die Gräfin Agathe mit, und es wurde wieder sehr gemütlich.

Weniger gemütlich war es dem Bürgermeister zumute. Zu dem waren der Fürst und Meister Severin gekommen und hatten ihm gesagt, er trage mit Schuld, sie wollten ihn beim Fürsten von Wolkenstein verklagen. Da bettelte und bat der Bürgermeister, der Fürst möge ihm verzeihen, er versprach auch, nie mehr dem Kasperle nachzustellen. Schließlich taten es der Fürst und Meister Severin auch, und als die Gräfin mit den drei guten Kameraden auf dem Heimweg den Bürgermeister traf, da grüßte der das Kasperle noch einmal ganz besonders, und die alte Obstfrau am Tore rief: „Nee, mit Kasperle ist das kurios! Der wird wie 'n vornehmer Herr behandelt. Nächstens wird er noch hochmütig und kennt unsereins nicht mehr."

Na, da irrte sich die gute Frau aber gewaltig. Kasperle kannte sie ganz genau, und er schleckte auch ihre Zuckerstangen noch immer so gern. Ja, an diesem Tag machten die Kinder sogar alle drei einen großen Einkauf bei ihr, denn sie hatten noch immer ihr Jahrmarktsgeld. Davon kauften sie sich allerlei gute Dinge, und Kasperle sagte: „Morgen kommen wir wieder."

Als Kasperle aber am nächsten Morgen noch im Bett lag, da rumpelte und trappelte es über den Kirchplatz. Neugierig steckte Kasperle seine Nase zum Fenster hinaus. „Hach!" Da lag Kasperle, und gleich darauf durchhallte ein schauerliches Geheul das Haus, und selbst Meister Friedolin, der nicht mehr sehr gerne Treppen stieg, lief hinauf, um zu sehen, was denn mit Kasperle geschehen war.

Der lag am Boden, strampelte mit Armen und Beinen, schrie und heulte, und als Meister Severin ihn nur anfaßte, brüllte er gleich los: „Ich gehe nicht mit, ich gehe nicht mit!"

„Aber Kasperle, was fehlt dir denn?" Sie trösteten alle an dem kleinen Schelm herum, selbst Frau Liebetrauts kleine Mädelchen waren gekommen, um ihr Kasperle zu trösten. Doch der brüllte weiter.

Endlich, endlich verstand Herr Severin, der Herzog sei gekommen. „Aber doch nicht zu dir! Zu seinem Bruder, du dummes Kasperle!"

So war es auch. Der Herzog August Erasmus war wirklich gekommen, um seinen Bruder um Verzeihung zu bitten. Er wollte auch das Kasperle sehen.

Jawohl, wo war Kasperle? Verschwunden war er, spurlos verschwunden. Alle sagten: „Vorhin war er noch da," aber niemand sah Kasperle. „Er ist ausgerissen," meinte Frau Liebetraut erschrocken.

„Vielleicht ist er im Garten bei Meister Helmer," sagte Herr Severin.

Hierhin und dahin wurde geschickt, der Bürgermeister ließ die ganze Stadt absuchen, ließ Kasperle sogar ausklingeln – es blieb verschwunden. Von nebenan suchte Dörte mit. Sie hatte ganz verweinte Augen und sagte ein paarmal: „Mein Herr Professor hat doch gar kein Herz; der studiert den ganzen Tag, und wenn ich rufe: Kasperle ist weg, sagt er allemal: Der wird schon wiederkommen!„

Die ganze Stadt geriet in Aufregung. Jeder suchte, jeder fragte: „Ist Kasperle gefunden?“

Niemand fand ihn. Schließlich sagte der Herzog: „Gewiß hat ihn die Base Gundolfine gefangen. Ich muß abreisen und überall nachforschen lassen.“

Und dann nahm er einen sehr herzlichen Abschied von seinem Bruder, sie waren nun beide wieder versöhnt miteinander. Auch von der Gräfin und Christli und dem feinen Marlenchen nahm er Abschied. Die beiden weinten um die Wette, der Herzog wußte aber ganz gut, daß die Tränen nicht ihm, sondern dem verlorenen Kasperle galten. Er versprach ihnen darum auch: „Ich lasse es gleich sagen, wenn ich Kasperle gefunden habe.“

„Ach!“ Marlenchen seufzte schwer, und als der Herzog fragte: „Warum?“ antwortete sie traurig: „Das arme Kasperle wird sicher wieder in den Turm oder in ein Kellerloch gesteckt.“

„Nein,“ sagte der Herzog ärgerlich, „das tue ich nie mehr. Wenn Kasperle wieder da ist, sagt ihm viele Grüße, und – ich habe ihn sehr lieb.“

Dann fuhr der Herzog ab, und in Torburg suchten sie weiter nach Kasperle. Kein Winkel blieb undurchsucht, und Christli und Marlenchen saßen weinend im Garten beisammen. Der Fürst und Meister Severin waren gerade zurückgekommen und sagten: „Kasperle ist wirklich verschwunden!“

Und just da, pardauz! schoß das Kasperle purzelvergnügt über die Mauer.

„Kasperle, wo kommst du her? Kasperle, wo hast du gesteckt?“

„Bei mir war er,“ sagte von drüben der Professor. „Kasperle hat den ganzen Tag – gelesen.“

„Nä, geschlafen,“ rief Kasperle, „und geträumt.“

„Was hast du denn geträumt?“ fragte Frau Liebetraut, die mit der Gräfin auch im Garten war.

„Von 'ner Insel. Da gefällt's mir.“

„Aber Kasperle, du hast doch immer in dem alten Buch gelesen!“ rief der Professor.

„Nä, geträumt.“

Kasperle reckte und streckte sich, und Marlenchen sagte ängstlich: „Kasperle reißt doch noch einmal aus.“

„Ich bleib hier,“ rief Kasperle vergnügt.

„Aber der Herzog, mein Bruder, hat dich eingeladen.“ Der Fürst lachte.

„Ich geh' nicht hin,“ – Kasperle schnitt gleich ein Teufelsräubergesicht – „ich bleib hier.“

„Ist recht,“ sagte der Professor, „und wenn sie dich wieder einmal fangen wollen, dann setze ich dich wieder in meine Bücherstube wie heute.“

„Ja, Kasperle bleibt hier!“ Marlenchen und Christli schmiegten sich an den kleinen Freund an, und draußen auf dem Kirchplatz brüllten auf einmal viele, viele Stimmen: „Kasperle ist wieder da, hurra, hurra!“ Dörte hatte es ihnen gesagt, und Hansjörg schrie so, daß ihm sämtliche Hosennähtle platzten: „Hurra, unser Kasperle ist wieder da!“